生贄第二皇女の困惑

敵国に人質として嫁いだら不思議と大歓迎されています

Confusion of the Second Empress of Sacrifice

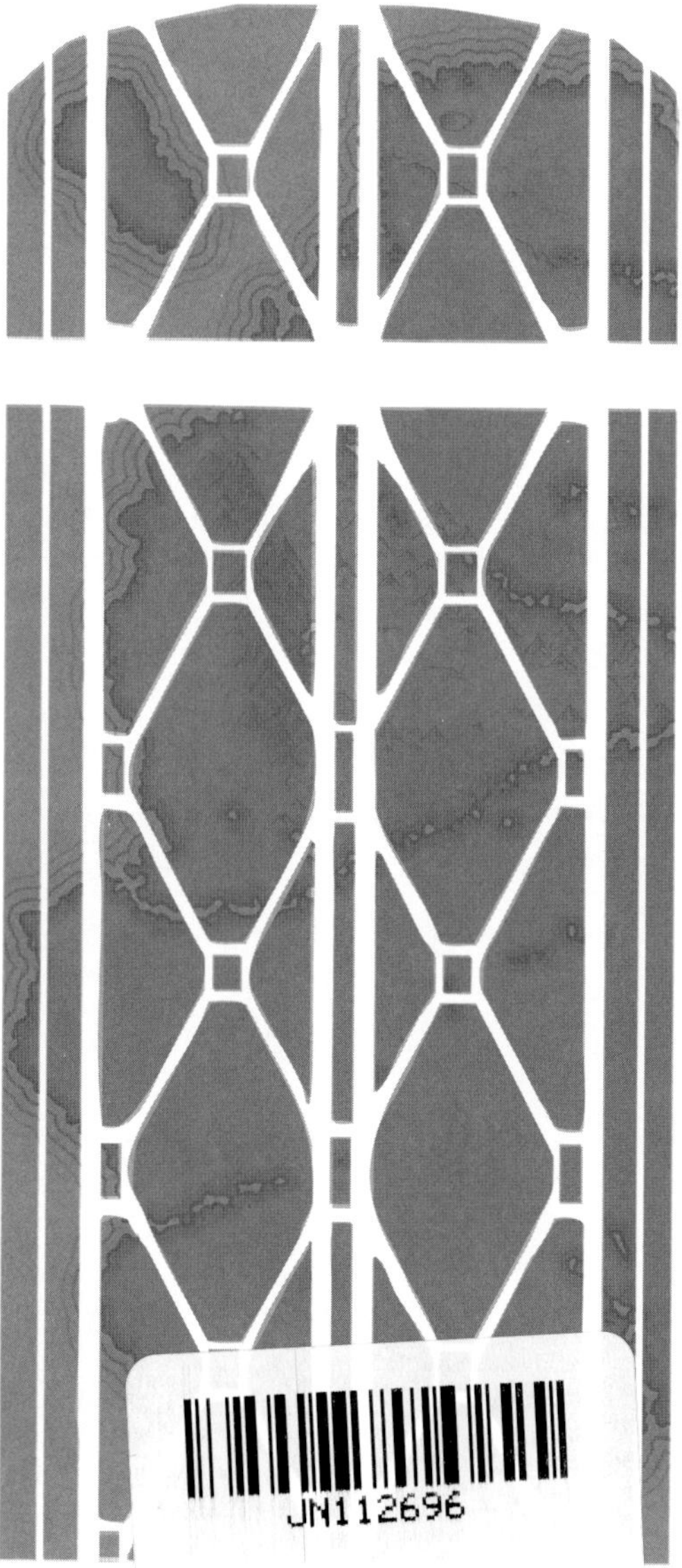

2

真波 潜

Illustration さくらもち

バラトニア王国王太子。フェイトナム帝国でクレアに救われた過去があり、ずっと彼女を待ち望んでいた一人。

フェイトナム帝国の第二皇女だったが、出来損ないとしてバラトニアへ嫁がされる。しかしこれまでに読んだ全ての本の内容を覚えているほどの頭脳の持ち主で、バラトニアでは大歓迎を受け、王太子妃となる。王国の発展に努める。

グェンナとともにクレアに付いている侍女。護衛も兼ねている。

バラトニア王国に来てからクレア付きになった侍女。護衛も兼ね、暗器も扱える。

バラトニア王国の伯爵。クレアの護衛兼側近となって支える。

フェイトナム帝国第一皇女。完璧な淑女かつとてもプライドが高い。

かつてクレア付きであった侍女。クレア暗殺（未遂）の実行犯としてフェイトナムに送られたはずだが——

ネイジア出身で、影のネイジア（主に諜報活動を行う組織）のトップ。王城で下働きをしながらクレアを守る。

Confusion of the Second Empress of Sacrifice

フェイトナム帝国の第二皇女クレアは頭脳明晰だが、
淑女としては出来損ないであったため
戦勝国——バラトニア王国——へ嫁がされる。
生贄として命すら覚悟するも、
バラトニアの対応は彼女の予想の真逆だった。
「生ける知識の人」として歓待を受け、
王太子アグリアからはなぜか溺愛をされる始末。
生国では得られなかったものに満たされ、
ようやく自分の居場所を見つけた彼女は王国を豊かにするため、
これまで蓄えてきた知識を惜しみなく活用していく。
印刷技術や行政システムの革新まで
多岐にわたる改善のおかげで
王国はみるみる発展を遂げていく。
一方、それをよく思わないフェイトナム皇帝は
第三皇女リリアとともにバラトニアにやってきてクレアに刺客を放つ。
しかしクレアの機転が功を奏し、暗殺は失敗に終わる。
その直後、謎の青年ガーシュがクレアの目の前に現れる。
ネイジア出身だという彼の諜報活動のおかげで
周辺諸国とのいざこざも解決し、
ようやく結婚式を迎えたアグリアとクレア。
晴れて正式な夫婦となった2人は、新婚旅行を計画。
1ヶ月間隣国を巡るだけのはずだったが、
彼らが王国を離れるのは皇帝にとって
またとない暗殺の機会でもあり——

ラ・ムースル王国（極冬） LA·MOUESLUE

狩猟をメインに暮らす、一年中冬と雪の国。漁業も盛んで、真珠がよく獲れる。

特徴 海産物・木材・造船技術と造船・狩猟肉・近海、遠洋漁業など。

ポレイニア王国 POLANIER

四季があり、特徴的な木造建築が目立つ国で、服装もかなり独特。サリーと漢民服を交ぜたような服装。

特徴 木材・木造建築技術。

シンフェ国 SHINFE

大陸の南に位置する暑い国。四神教を国教としており、宗教が最も重んじられている。

特徴 麻・染料・釉薬・陶器。

ドラグネイト王国 DRAGNATE

大陸で扱われる貴石・貴金属の半分以上を担う国。鉱山の国、鉱石の国とも。国の半分が岩山できている。

特徴 鉱石・貴石・半貴石・石炭など。

ウェグレイン王国 WEGRAIN

国教が布教されており、宗教観念の強い国。王は神の血を引き継ぐものとして教皇と並んで崇められている。

特徴 石材加工技術・建築技術・上下水道技術などの技術力。

フェイトナム帝国 PACENAM

南に向かって侵攻を続け、属国としてきた。国の殆どが都市部である程度の穀倉地帯はあるが、人口密集地で常に植民地を求めている。王都を中心に外側に向かうにつれて田舎っぽくなる。

特徴 あまり特産品といえるものはなく、兵（質・量）、技術、知識、インフラ技術等…技術力は大国の中では一番。貨幣の質も最も優れている。

バラトニア王国 VALLACENEAR

長年フェイトナム帝国の属国であり植民地だったので文明レベルは同じくらい（ただし、本や医者等は限られていてほとんどない）。肥沃な穀倉地帯と港町を備える。

特徴 穀類（麦・米）、木材（紙用に輸出していたが国内消費に切り替え）、養蚕（絹）が特産品。

ネイジア国 NEYJEER

元祖は放浪《ロマ》の民だったが、鉱山と山脈に挟まれた平地で養蚕しながら生活している。

特徴 養蚕（絹織物、染物）、諜報、測量技術、各国の言語を操ることなどに長けている。

シナプス国 SYNAPSE

芸術・職人の国。各種様々な工房と劇場、ホールがある。夜の街の質も世界一。

特徴 宝飾品などの芸術品、装飾品・高級娼婦・ドレス・芸術系。

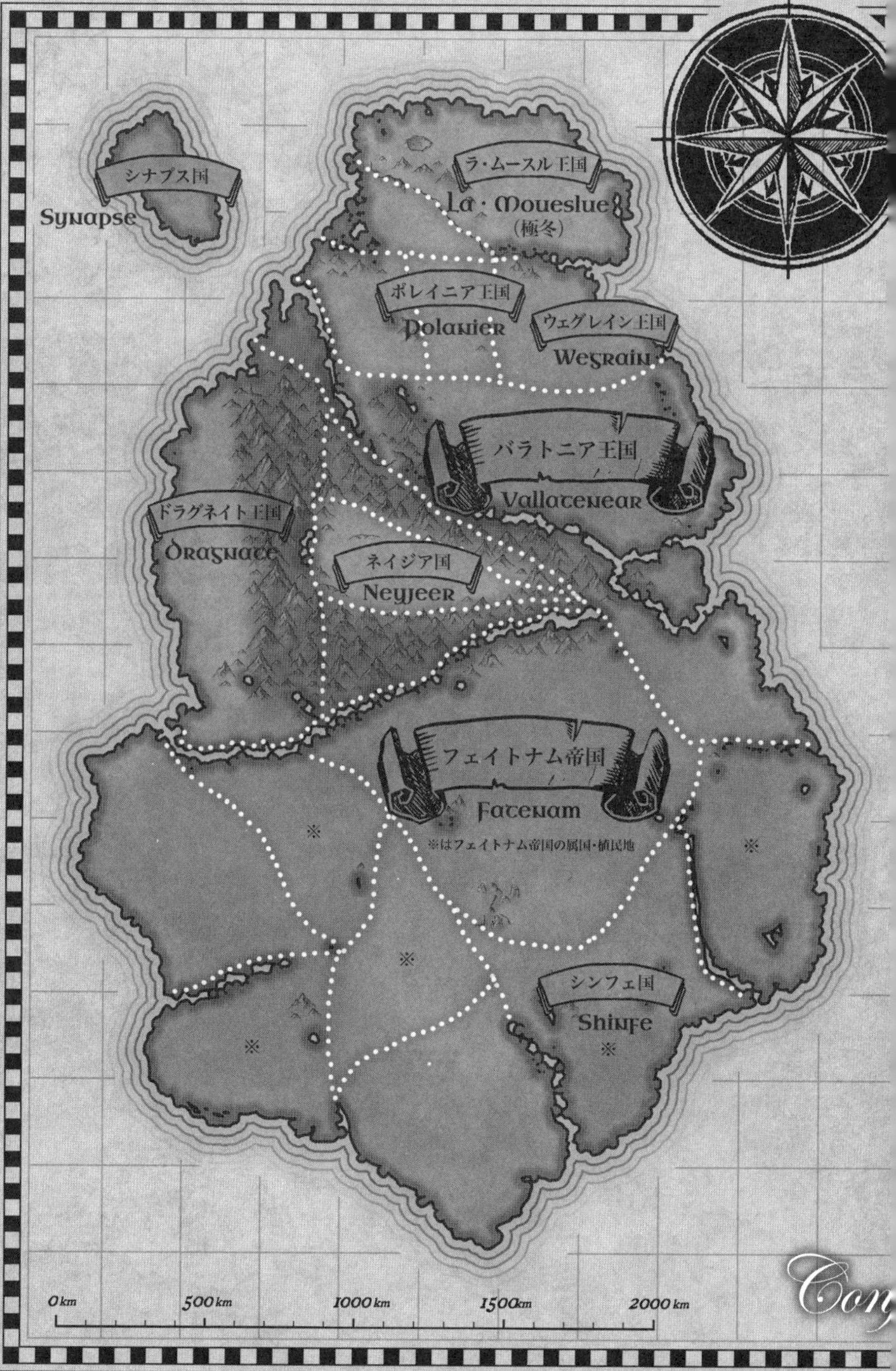
シナプス国
Synapse
ラ・ムースル王国
La : Moueslue
（極冬）
ポレイニア王国
Polanier
ウェグレイン王国
Wegrain
バラトニア王国
Vallatenear
ドラグネイト王国
Dragnate
ネイジア国
Neyjeer
フェイトナム帝国
Fatenam
※はフェイトナム帝国の属国・植民地
シンフェ国
Shinfe
0km
500km
1000km
1500km
2000km

CONTENTS

Confusion of the Second Empress of Sacrifice

プロローグ　もう一人の花嫁

「すまない、お前にはもっといい嫁ぎ先を用意してやるつもりだったが……」

「かまいませんわ、お父様。それに、私、腹が立っていますの」

もう夜も遅い。

部屋に置かれた豪奢な燭台の数々が質も品も最上等の調度品を照らしているが、目の前の娘の顔は少し陰って見えた。

社交性に長け、見目もいい。婚期は多少遅くなったが、それでも充分女としての価値は高く、属国のどこかや国内の高位貴族と結ばせて王家の力を強めるために使うつもりでいた。

だが、バラトニアにくれてやったクレアは危険な存在だ。何度も暗殺のために刺客を送ったが、全員生きては戻っていない。内情はこちらでも把握しているはずだが、表向きはもう暫く手出しはできない上に、間者を潜り込ませるのは難しいだろう。

バラトニアにそんな力がないことは分かっているのに、刺客は帰ってこない。

密かに殺す算段も立たない、手出しもできない。隙がないままいよいよバラトニア王国の皇太子妃として結婚をしたのだとは、彼の国から丁寧な親書が届いて知った。

バラトニアは属国として優秀すぎた。頼りすぎていた部分もある。

もう長いこと属国だったのだから、あの時医者の派遣や医療書を多少でも渡してやれば違ったかもしれない。が、過ぎたことだ。

優秀な属国というのは、力のある属国でもある。無闇に力を増強させるわけにはいかない。かといって、弱らせすぎてもいけない。難しいところだ。

だからもう一度開戦し、正義は此方にありとして、再び属国にくだすつもりが……。

クレアを女としてではなく、せめて能力面を見ていればこうはならなかった。まず、国から出す理由がない。語学、国際情勢、地理、自国の戦力、糧食の動き……それらの情報を握っている人間など、恐ろしくて外に出せたものではない。婿を取らせて王室に一生閉じ込めておくべきだった。

だが、クレアが女としては見劣りするのは事実。私は女には女の役割以上を求めないし、それを果たすのなら何でもよかった。ちょうどいい、とすら思ったくらいだ。元は属国だったバラトニアにくれてやるには、ちょうどいい『失敗作』だったと。

だが、実情はどうだ。結婚する前から内政面でその能力を発揮し、今となってはバラトニアは大穀倉地帯を抱えながらも技術的に進歩し続けている。ネイジアや極冬《きょくとう》といった、フェイトナム帝国では手が出せなかった国すら味方にして。

遠洋漁業も始まった。養蚕も本格化し、絹の需要は世界中で高まるだろう。そしてバラトニアの国土であればそれに応じることもできる。国力はさらに高まり、クレアは知見を広げ、それを応用して国を発展させていくことだろう。

あれが男であればどれだけよかったか。

私が自らバラトニアに出向き、目の前で『バラトニアの国民』にクレアが殺されれば、フェイトナム帝国はバラトニアを今一度攻め込むことができたが、その手も失策に終わった。

潜り込ませた間者と、最後に手を下させるために取り込んだ没落した貴族の令嬢も、最大限寛大な処置とやらと引き換えに無事に国に戻れた。今もバラトニアから見張られているために、あの令嬢は王宮で一室を与えて何不自由なく過ごさせ、他の間者も今は別の仕事についている。

刺客を送り込んでいるのにあちらの国から何も言ってこないということは、別の何かがクレアを守っていると見ていいだろう。それはそれで厄介だが、フェイトナム帝国がクレアに直接手を下さなければいいという話でもある。恐らく、バラトニアの王室には刺客の話は何一つ耳に入っていないのだろうから。

そこまで瞬きの間に考えを巡らせ、もう一度目の前に立つ自分の娘を見た。

娘……第一皇女のビアンカは完璧な淑女の微笑を顔に浮かべながら、目だけは暗い光を湛《たた》えている。

「あんな『淑女教育の敗北』になめた真似をされて、大人しく引き下がるのがフェイトナム帝国ですか？　いいえ、そうはさせません。たとえ私の今後の人生が華々しいものでなくなるとしても、私は喜んで彼の国に嫁ぎます」

「すまないな……リリアはダメだ。あれは幼すぎる……国内でうまく使う方がいいだろう」

「いいのです。そもそも、リリアでは務まりませんわ……私が適任でしょう」

そう、フェイトナム帝国の王室の女とはこうでなければならない。

自分の感情ではなく、国の利のために嫁ぎ、子を儲け、属国や有力な貴族の首根っこを押さえつける大型の猫科の獣のような強さが必要だ。その社交術という爪と、美貌という牙を使いこなしてこそ、フェイトナム帝国の女は価値がある。

クレアにはそんなものはない。だが、そこらの官僚以上の知略と政治能力、人心把握術を持っていると、手放してから気付くこととなるとは。

やはり思う。あれが、男であったのならばと……、王位継承権争いで間違いなく力を発揮しただろうにと思うが、きっと男であったとしても、そんなことには興味のない欲のない王になっただろう。

それではフェイトナム帝国の皇帝は務まらない。実務は上手くいくかもしれないが、常に国土を広げ、勢力を広げ続けなければ、いつ足をすくわれるか分からない。バラトニアにそうされたように。

結局、どのみち邪魔なことには変わりない。やはり殺すしかない。

子飼いにしておくべきだったが、我が国で女としての能力を発揮できないのであれば不要品であることに変わりない。

その点、目の前のビアンカは女としては最高の出来だ。クレア一人を殺すために、密やかに彼の国に送り込み、神を一番に愛するような無能な王太子と結ばせるには余りに惜しいが……ビアンカでなければうまく立ち回ることはできないだろう。

そして、これは早々に行わなければならない。

間者とまではいかないが情報を集めるための手入れの商人の話によれば、婚儀が執り行われ二人は、新婚旅行に行くらしい。

それも、彼の国に。

「ご心配なさらないでくださいい、お父様。私なら大丈夫です。王妃という地位に収まり、国中が宗教にかぶれた……ウェグレイン王国でクレアを確実に仕留めてみせますとも。……あんな出来損ないに、我が国がやられっぱなしだなんて、本当に許せる話ではございませんわ」

美しい造作の顔に、美しい微笑の中、目だけは憎悪に近い感情の炎を灯した自分の娘を、私はウェグレイン王国に密かに嫁がせる手筈を整えていた。バラトニアから帰国してすぐの話だ。一つの手が失敗したからといって、次の手を考えないのは無能のすることである。

フェイトナム帝国が発祥であり、国教にもしているリーナ教。

バラトニア王国を挟んだ向こうにある国では、ウェグレイン派として発祥当時から経典の更新がされていない。バラトニア王国に書物の持ち込みを禁じたため、宗派が分かれる結果となった。フェイトナム帝国ではとっくに政治の道具となり下がった腐った宗教だが、彼の国では未だに神は神聖視されている。

王族はリーナ教の経典と共に過去にフェイトナム帝国からの輿入れがあり、そこから神の血を受けたものとして、さらにはフェイトナム帝国の皇族にはより濃い神の血が流れているのだと宣《のたま》う。

独り身の国王に婚儀の打診をしたら二つ返事で了承の返事が来た。

未だにフェイトナム帝国の王家の血に神の血が流れていると信じている馬鹿な国だ。

婚儀は神事として行うために、あくまで密やかに輿入れしたいという要望も受け入れられた。

ビアンカは明日旅立つ。

ウェグレイン王国の王妃として受け入れられる手筈は既に整い、本物の女神のように崇められることだろう。

ただし、それはクレアを殺すまで秘されることとなる。あの国は、表向きの女神の血と共に、古い経典にある生贄としての女神の血を求めている。今も国王の私生児を殺しては生贄として捧げている蛮族の国だ。表向きは技術力も高く、都会的な都市を首都として持つが、だからこそ闇の顔が深い。

宗教とは実に度し難い物ではあるが、大抵の国は好きに信奉させていれば大人しく属国に収まる、便利なものでもある。こうして上手く使うこともできる。

「ではお父様。精々私は彼の国で女神として信奉されながら一生を過ごしますわ」

「あぁ……、なに、お前に危害が加わることはない。何せ女神の血筋だからな」

「うふふ、そんな古い経典のお陰で私は崇められ、クレアは死ぬ……、田舎国家に嫁ぐなど本来ならば絶対に嫌ですが、そのためだと思えば」

「アレさえどうにかなれば、幾らでもお前を引き戻す方法はある。……頼んだぞ」

「フェイトナム帝国の女として、必ず」

華やかなドレスの裾を翻《ひるがえ》して、ビアンカは部屋を出た。

私は中空を見詰めながら、実の娘であるはずのアレ……クレアに対して、危険因子という認識しか持てないでいる。

バラトニアの貴族の中にもクレアに不満を持つものは多いが、技術革新というものはそれすら抑え込む程の力がある。

この私が……そう、このフェイトナム帝国の皇帝である私が、やっとの思いで手に入れた、懐中時計という掌に収まる時計を眺めた。こんなもの、我が国では造ることすらできない。

それを、祝儀の返礼品として国内貴族にこぞって配ったという。

こまやかなメンテナンスが必要ではあるが、バラトニアの貴族はこれを返されてクレアに対しての心証が良いほうに傾いたようでもあった。当たりまえだ、こんな技術の塊のような物を、貴族という選民意識の高い人間の手に握らせれば、多少のワガママも通ることになるだろう。まして、それがバラトニアにとって利になることならば。

ただ、未だ完全に納得まではしていない。

それもそうだろう、今まで自分たちの頭を押さえつけてきた国の姫が、自分の国で政治の中枢に関わることをよく思う貴族などそうはいない。実績まで出し、このような革新的な物まで……。表裏一体の贈り物となったのは間違いない。

表向きクレアを攻撃する材料がないだけで、火種さえどうにかすれば、ビアンカが失敗してもいくらでも内側から崩すことも可能だろう。

とはいえ、まずはフェイトナム帝国が無関係であることを貫かなければならない。

失敗した手前、勘付かれてしまえばクレアは手紙の返事にあったように『各属国にクレアが知っている全ての情報』を流すことだろう。属国に収まっていることで恩恵を受けている国もあるが、バラトニアが独立したことで後に続こうと機を狙っている国も勿論出てきている。

ビアンカがうまくやってくれれば、それが一番いい。事が済めば何とでも言ってビアンカを取り戻してもいいし、そのままウェグレイン王国を傘下に収めるのもいいだろう。

まずは、クレアだ。

「……厄介な娘を持ったものだ。いや……」

今の自分に、クレアを娘と呼ぶ資格はないだろう。

それほどまでに、女としては出来損ないで、ティースプーンひと匙程も興味のなかったアレが、今は何をするにも邪魔で仕方がない。

食糧をバラトニアから正規の値段で買い付けることで、国内の税を引き上げるしかなくなった。反感を持つ者も出てきたが、食糧をどうにかしないことには国を維持すらできない。弱っていることを属国に悟られるわけにもいかない。

目下の問題として、アレをどうにかすることは、今後の国の統治のために必要なことだ。

どんな無残な最期を迎えるかは想像に難くないが、せめて苦しまずに、そしてフェイトナム帝国のために死んでくれていればこんな真似はせずにすんだというのに。

私は溜息を吐《つ》いてから呼び鈴を鳴らした。全ては密かに行われなければならない。

ビアンカはバラトニア王国を、身分を偽って商家の娘として通り抜け、ウェグレイン王国に輿入れする……そして、妹を策謀の果てに殺す。

そんな任を与えたとしても、私は普段通りに仕事をし、眠り、食べなければならない。

この程度の腹芸もできずして、帝国は治められないのだ。

1　新婚旅行

「式も挙げて籍も入れたことだし、そろそろ新婚旅行に行かない？」

「はい？」

そう言われたのは、式から1ヶ月ほど経った日のお茶の時間だった。

入国してすぐの時には花嫁修業かと思ったら国政に携わらせてもらい、式を挙げてからも返礼品を選んで買い付け、下賜するという仕事に奔走し……その間に一度誘拐されたけれど……数日ちょっとお休みは貰ったものの、今はまた責正爵の試験制度などについての案や時期の決定、どう報せを出すか、他にも学びたい者のための施設を造る施策に励んでいた所だ。

いきなり夫婦っぽいイベントを出されて思わず聞き返してしまった。

「いや……バラトニアが今の状態にあるのはクレアのお陰だと思う。本当に感謝している。この短期間に……この国は目覚ましい発展を遂げている。戦争も回避できた」

「いえ、私は……その、できることをしたまでです」

「それが凄いことなんだよ、分かっているのかな？　ふふ、私たちはずっと君に助けられっぱなしだ。だけど、自分たちで歩き方を少しは覚えたと思うよ。だから、父上と相談して1ヶ月、フェイトナム帝国とは反対側……北の方に向って国を見て回るのはどうかと思って」

バラトニア王国より北になってくると、冬季というものがあって雪が降る国もある。極冬に至ってはずっと冬だ。興味を惹かれた私は思わず目を輝かせてしまった。

「興味があるかい？」

「と、とっても……！」

「だと思った。新婚旅行というか、これはクレアの慰安旅行だよ。今までありがとう、これからもよろしく、ということで、新婚旅行にかこつけて諸国漫遊もいいんじゃないかなと思って」

移動も含めて1ヶ月ではそう遠くまでは行けないけどね、と言われたが、私は一応箱入り娘だ。旅行記や史料をいくら読んでも、現地の生の空気程、刺激になるものはない。

バラトニア王国だってまだ全ては回り切れていないし、取引のある国も行ってみたいが、隣接していながら交易程度しか取引のない国はもっと興味がある。

新婚旅行で行きますよ、という親書を出しておけば特に拒まれることはないだろう。

問題は護衛だろうか、と私は考え込んだ。

長年フェイトナム帝国の属国だった国が戦争を起こして独立した。今は、他の国から見れば何をするか分からない野蛮な国にも見えるだろう。

大勢の護衛を連れて行けば開戦の意思あり、とみなされる可能性もある。しかし、王太子と王太子妃が旅行するのに護衛なしという訳にもいかない。

「何を考えているのか当ててみようか。……護衛だね？」

「えぇ……、その、旅行は嬉しいんですけれど、バラトニア王国内でもいいんじゃないかなとか……」

「確かに、他国から見ればバラトニア王国は戦争を起こした国というイメージが強いだろうね。特に親しい交流があるわけでもないし。これまではフェイトナム帝国の属国として充分にフェイトナム帝国を潤して来た。それに、彼らにとってはバラトニア王国は盾だった。この広大な穀倉地帯を荒らしてまで攻め込むのは愚の骨頂だからね。まぁ、今も盾だけれど、属国から独立したばかりというのは少し弱い」

「はい。他国からどう見られているかと思うと……もしかして、とても危険なんじゃないかしら、と」

　アグリア様は、そうなんだよね、とそこで少し苦笑した。

「ジュリアスに伝令を出したら『私がお守りします！』と意気込んでいたんだけど、王太子と王子の両方が国を空けて他国に行くなんてもってのほかだし。それでも、クレアに喜んで欲しいから護衛の選別は今おこなっている。大体、どの国も王族の旅行となれば20名程度の護衛は許してくれるだろう。特に敵意もないからね、あとは相応しい贈り物も用意して……だから、諸国漫遊と言っても隣接してる3国の中の2国だね。特に王都から近いポレイニア王国と、貿易港とは反対にあるウェグレイン王国、になると思う。どうかな?」

私が一番喜ぶのは確かに知らない文化に肌で触れることだが、そのためにかかる費用を考えたら、そんなことしている場合ではないのでは? という気持ちが強い。

ここはやはり、丁重に延期を申し出るべきか、しかし結婚してすぐの今がチャンスなのは事実なのでなんとか知恵を絞るか悩ましい。

黙って考え込んでしまった私に、アグリア様が渋々といった様子で苦笑いをした。

「もう一つ、案がないこともないんだけど……」

「? 何ですか? 安全でお金が掛からない感じのことなら……」

「極冬の船を一隻、貸してもらって沖に出てみる、という案もあるんだけど」

私は思わず胸の前で両手を組んでしまった。あの船には本当に興味がある。２００人の兵士が乗って、海上で生活できる船だ。うまく改装すれば、新婚旅行の費用も安全性の面からも大分と抑えられる気がした。

「だけど、グレン侯爵にそれを相談したら……却下された」

私は一体どれだけ残念な顔をしてしまったのだろう。アグリア様が口許を押えて肩を揺らして笑っている。

「一応、理由をお聞きしても……?」

「沖はね、別世界なんだそうだよ。熟練の船乗りじゃないと船から振り落とされるような嵐がくることもあるとかで。だからグレン侯爵たちは陸に沿うような近海をぐるっと回って来たらしい」

命がけ、となると、そう簡単にほいほいと、行きたいです！　とも言えない。

まだ隣国を回る方が安全だ。その分費用がかさむけれど、アグリア様は王太子だ。無茶はさせられない。

人相手ならば護衛は役に立つが、自然相手に人は無力だ。その位の分別はあるし、自分はバラトニア王国の王太子妃になったのだから、船は港に停泊している時に見学させてもらう位で我慢しなければならないだろう。多少は自分の身分や価値についても……今は理解している。

それにしても、沖は別世界……、その体験を是非漁師の方々に聞いてみたいものだ。絶対に面白い本になる。憧れる人も、恐れる人も出て来るだろうけれど……危険と隣り合わせの冒険を、なんとか追体験してみたい。

「クレア？　新婚旅行の相談に戻っていいかい？」

「はっ……！　はい、すみません、ついうっかり海に思いを馳せてしまいました」

「その辺は……もう少し国が落ち着いたらね。まだ一回目の遠洋漁業中だ。その成果次第でグレン侯爵から正式にこちらの国が出す食糧と釣り合う獲物か、真珠や木材、造船技術といったものを交換するかが決まるから。ちょっと言ってみただけだけど、やっぱり興味があったんだね」

「……バレバレですね。はい、でも、危険なことをしていい身分ではありませんから」

「で、どうしようか。隣国2つに行くくらいには、クレアには貢献してもらったと思っている。

父上も、私も、たぶん王宮で働いている誰もがそうじゃないかな。紙、図版の導入もそうだし……医学書や医者も増えてきた。貴族諸侯も懐中時計でだいぶ心証が良くなった。少しだけ国を空ける程度しか時間が取れないのは申し訳ないと思うけれど」

「問題は、護衛と、どういう風な体裁で行くかですね。考えてみます。……アグリア様、ありがとうございます」

本当はいきなり連れ出したかっただろうけれど、私は今、かなり国の内情を把握している。あんまり無駄遣いだと思うことを急にされたら、もしかしたら怒っていたかもしれない。ちゃんと相談してくれる。信じて頼んでくれる。そういう心遣いが嬉しかった。

隣に座るアグリア様の手を握って、私は「一番安くあがる感じで考えてみます！」と新たな仕事を空いた手で胸を叩いて請け負った。

その言葉に苦笑いをされた気がするけれど……気のせいということにしよう。

◇◇◇

旅行に行くとしたら隣国2つ……ポレイニア王国とウェグレイン王国と言われたので、昨夜の話を元に、今日はその2国について調べてみることにした。

あまり長く間を空けてもいられない。

戦争をして間もない大国の王族が他国に赴くなどというのは、新婚旅行、だから許される部分がある。

だからこそ、早く各国の詳しい情報とお土産を手に入れなければならない。事情を知らなければ何が喜ばれるのかも分からないからだ。

移動を含めて1ヶ月国を空けるのだから、仕事の引継ぎもある。準備にだけそんなに時間を割くわけにはいかないだろう。

とはいえ、責正爵周りの整備と、結婚契約書だけでも結構な予算を使っている。取り入れたからには浸透させるために、人頭名簿から契約書に役人が確認を取りに行って、字の書けない人の代わりに契約書を作成したりしているのだ。

責正爵についていては、識字率の向上も課題になってきている。教える人員、教材、施設、そしてそれらを総括した仕組み。

今後、試験や学び舎を整えることになれば、もっとお金がかかる。

その分、浸透した後の実入りは大きいし、人頭名簿の管理もずっと楽になる。長い目で見れば得なのだから、賠償金などで潤っている今、お金をつぎ込むのは間違っていない。

同時に、新婚旅行だって悪い側面ばかりではない。新婚旅行という形で新たに友好国として親交を深めることができるのならば、バラトニアにとっても悪い話ではないからだ。北方にある国との繋がりはフェイトナム帝国によって禁じられていたが、それがなくなって1年。交易はあれど、しっかりと挨拶しておくこと、いい印象を与えることは、極冬との関係のようにいい関係を築くきっかけにもなる。

しかし、一連の予算の使い方からして国内貴族の不興を買っている自覚はある。

これまで属国であることが長かったせいで、位の高い貴族を集めての会議の習慣がないからこそ、連絡が後手に回って意見を取り入れられないのももどかしい。基本的には領地にいるために、首都に呼びつけるとなればそれなりの予算も掛かる。これもまた新しい仕組みになるからこそ、予算を考えて慎重に進めなければいけない。……何をするにも、国に新しい仕組みを与えるのならばお金がかかるものだ。

そこまで考えると、新婚旅行でそこまでの予算は使えない、という結論に行きつく。だからこそ、なるべく安く、と請け負ったものの、下手な手土産は持ってはいけない。

この国で余っていて、訪問する国で珍重される物を手土産にできないかを考える必要がある。

護衛は削れないし、恥ずかしい格好もできない。削れるとしたら、訪問する時のお土産の予算。

喜ばれない物を持っていくのは国家間の亀裂に繋がる。

この国で余っているもの、という考えを前提にすると矛盾している気もするが、極冬への食糧供給と、蓄え、日々の交易で卸す分に、自国で食べていく分を考えると、どうしてもお土産にかける予算を節約するしかないのだ。

相手の国には口が裂けてもそんなものをお土産にしたとも言えないし、勘付かれてはいけないけれど。

「と、いうわけで、ネイジアの知恵を貸して欲しいの」

「クレア様……確かに俺は仕事が終わったらサボるけど、今は仕事中。後でいつもの所に行くから、少し待っててくれ」

ネイジアの国民は王宮の倉庫などで下働きをしている。女性は洗濯や洗い物、男性は力仕事が多いようだ。

なので、倉庫に顔を出したら大多数の下男たちにぎょっとされたが、ガーシュと知り合いな様子にガーシュ自身が苦笑いしていた。

私はうっかり顔を出して騒がせてしまったことを詫びると、この後にあるだろう、ガーシュへの質問攻めとその回答に費やされる時間を思って、目でごめんなさい、と謝って倉庫をそそくさと後にした。

王宮の中だからと私は少し気楽に動きすぎかもしれない。

なんだかんだ文官たちの仕事場にはいつも顔を出して一緒に仕事をしているし、調べものなんかもさせてもらっている。が、さすがに倉庫に現れる王族というのは私くらいだろう。

案の定、部屋に戻ったらグェンナとメリッサに大層怒られた。

ネイジアとの実情を知っている人が少ないということも、もっと頭に入れておかないといけない。私の好奇心は、こういう時に正しい振る舞いというのを忘れてしまうようだ。

「ごめんなさい、もう行かないわ。今日はちゃんと部屋でおとなしくしていることにするから、お願い、アグリア様には黙っていて……？」

手を組んで、眉を下げて、瞳を潤ませて嘆願すると、グェンナとメリッサが呆れた顔をした。

この国に到着してからずっと私のお世話をしてくれている2人である。当然、これが演技なこともバレバレであり、かつ、私が変な小技を覚えたことにがっかりと肩を落とした。

「そんな真似しなくても黙っておきます。でも、本当にもう行っちゃいけませんからね？」

「それから、私たちじゃなく下男から上に噂がのぼる分にはカバーできませんので」

「そんなぁ！」

これではアグリア様にも怒られるのは必至である。むしろ、呆れられてしまうだろうか。

ガーシュと私の本当の関係……血縁上の兄妹、ということ……を打ち明けてしまうという手もあったがそれは、絶対の隠し事ではないけれど、秘密にしておかなければいけないことだ。

それはガーシュが根っからのネイジア国民であり、影のネイジアの部族長だからだけれど。

もし明らかになった時、ガーシュを見る目は『影のネイジアの部族長』から『王太子妃の兄』に変化してしまう。それは、彼の誇りを傷つけるような気がして、私は諦めて夜に怒られる方を選んだ。

もちろん、浮気は疑われていない。疑われていたらメリッサやグェンナがそれとなく私に探りをいれるだろうし、文官たちの元へ行くのも禁じられることだろう。

誘拐されたときに酔っぱらってガーシュと腕相撲をしたこともアグリア様は忘れていたけれど、ガーシュに対してあのようなヤキモチを焼いているのなら、アグリア様にだけでも打ち明けた方がいいかはいつも考えている。距離が近い、というのは言われても仕方がないことだけれど、浮気では絶対にないというのもまた、本当のことだし。

アグリア様は、普段はそこの所は寛容なのだけれど、やはり時々「目移りしていない？」とか「浮気はダメだよ」とか言うのが不思議だ。

私と言えばこの通りの、倉庫にまで1人で足を運ぶ淑女教育の敗北である。

私を好くような物好きはそう居ないし（アグリア様は別として）、今の所、この国で恋愛としてのアピールを受けたのはアグリア様からだけだ。

ジュリアス殿下からの敬愛は受けているけれど、バルク卿は面白がっているだけだし、他に深い関わりがあるといえばガーシュだが、向こうは自分が血縁だと知っている。

なので信用されていないとは思っていないけれど、時々、何がそんなに心配なのかはよく分からなくなる。結婚までしたのに。

その考えは一度横に置いておくことにして、ひとまず一通りの反省とどうやってアグリア様に謝るかを思案していたのだけれど、そのうちにこの国の売りで余っているもの、をリストアップしはじめてしまった。

私はやはり、淑女、というものには向いていないようだ。

◇◇◇

「……という訳でね、なるべく国庫を圧迫しないけれど喜ばれるお土産を考えているのだけれど、相手の国を知らなければ何が喜ばれるか分からないでしょう？　節約は大事だけれど、喜ばれるのが一番大切だから、ガーシュが知っていることを教えて欲しいの」

「あー、そうか。結婚したら新婚旅行……まぁそうなりますよね。護衛は俺らもこっそり付いていくから少し削ってもいいですよ、クレア様は最優先順位者なんでね。ネイジアとしても守る義務がある」

仕事を終えたガーシュが疲れた顔でいつもの木の枝に登ってくる頃には、私は反省のことはすっかり忘れてリストアップに夢中になっていた。

窓を開けて会話を始め、ガーシュが何かを考えるように視線を落としてから、得心したように頷く。少し間があったような気がしたが、気のせいだろうかと思って話を続けた。

「あら、それは助かるわ。……それで、一応この国で今余剰になっている物を考えてみたんだけど、ちょっと見てみてくれる？」

「ふんふん……なるほど、へぇ、……あぁ、見落としてますね」

窓の外の木の枝にいつも通り寛いで座るガーシュに、私が書き出したリストを見せると、ガーシュは悪くはないけど、という顔で目を通して笑みを零して呟いた。

「み、見落とし?!　何か、喜ばれそうでバラトニアで今、余っている物が、他にあるの？」

それなりに国内事情には詳しくなっていたはずだが、私の見落としとは一体どういうことだろうと驚いた。ガーシュは確かに諜報に長けていて情報も豊富に持っているはずだが、最前線で働いている私がリストにすら載せていない見落としとは何か、心底驚いてしまったのは事実だ。

「ありますよ。——宝飾品です」

私は目を丸くして窓枠に手をついたまま身を乗り出した。危ないから戻りなさい、とガーシュに苦笑して促されて体は引っ込めたものの、それは想定外だった。

「今、この国は独立したばかりだ。だからクレア様も見落としたんでしょうけどね。バラトニア王国だけですから、鉱山の国……ドラグネイト王国ともシナプス国とも交易を行っているのは。というか橋渡しをしているのが、ですかね？　今は極冬に食糧を渡しているし、食べ物は一般的すぎて国賓のお土産としては喜ばれません。ですが、芸術品は……特にシナプスの品となれば喜ばれます。その上で、王族にも渡しても恥ずかしくない宝飾品っていうのはどの国でも喜ばれると思いますよ。特に石が嵌った白金《プラチナ》のブラシと手鏡のセットとか、展示して国の行事に使うならネックレスとイヤリングのセットとかね」

私はじっと考え込んだ。そういえばその通りだ。

予算……お金にばかり目を向けていたが、バラトニア王国はフェイトナム帝国とはまた違った意味で色々な国との取引がある。ネイジアの絹は頼めば買い付けることができるが、それは希少すぎてお土産からは外しているし、バラトニアではまだ量産体制に入っていない。試作にもだ。一反にもならない量の絹を持って行ったところで喜ばれはしないだろう。

独立する迄は、交易して得た宝飾品の中でも最優良品質のものをフェイトナム帝国に渡していた。あくまでバラトニア王国は属国で、フェイトナム帝国が何もかも優先されていた。

独立した今、立地の関係から宝飾品の材料となる貴金属や貴石の産出国であるドラグネイト王国や、それらを加工するシナプス国との交易はバラトニアが全て中継する形となっている。

そうして宝飾品は全てバラトニア王国が選別し、流すべきものをフェイトナム帝国にも正規の値段で売っている。関税も掛けているが、どんなに国庫を自国の発展に使おうとも、親交は途切れさせるべきではない。

ずっと続けてきた取引という信用は、金では買えないのだ。

だから、現状もシナプス国とドラグネイト王国との関係を続けるために、交易の予算はずっと使われている。

ドラグネイト王国とはインクのこともあったので石炭を卸してもらう量が増えていたが、これまでのように貴石や半貴石等も買い付けてシナプス国で加工している。

そして、今の国庫の予算のうち、それは『国と国との関係を保つため』の予算である。

誰だって食い扶持が急に消えては困るものだ。

シナプス国も、ドラグネイト王国も、フェイトナム帝国が間に挟まっていた時のようにバラトニア王国は買い付けを行い交易を行う必要がある。

それを思えば、確かに余っている。特別注文をすれば、平素から頼んでいる分より少ない資源で同じ金額で特別なものは造ってくれるかもしれない。

「新婚旅行で行く国は、ポレイニア王国とウェグレイン王国なのだけれど……」

「ええ、王室があります。そんでもって、王族っていうのは国で一番きんきらきんに飾り付けるのがお仕事ですからね。宝飾品やら高価な芸術品のような日用品っていうのは、どの国でも喜ばれるでしょうね」

「ありがとう！　さっそくその方向で話をまとめるわ！　シナプス国の職人にも特別手当を払って特急で造ってもらわなくちゃ……」

「いや、その必要はないと思いますがね」

私がどの位時間が必要かしら、と思っていると、ガーシュは首を傾げてその思考を止めた。

「職人の国でしょう？　どの職人も虎の子の芸術品を日常の交易に乗せたりしませんよ。もう出来上がってる物を買い付ける、その買い付けを鉱石の国のこれまた虎の子の宝石で買い付ければいいと思いますよ。職人ってのは、大体そういうもんをしまい込んでますからね」

「そういうものなの？」

「そういうもんです」

ネイジア国も、練り絹という最高級品はウェディングドレスの時にだけ出してくれた。その後の馬車に敷き詰めてくれた分も、今は陛下や王妃様を最優先に、私とアグリア様の一張羅にするために綺麗に洗って保管してある。職人の国、という意味ではネイジアも一緒だ。

それなら、とガーシュの言葉を全面的に受け止めて、アグリア様に話してみることにしよう。

「ありがとうガーシュ、とっても助かったわ」

「いえいえ。護衛の方も話を通しておいてください。そういうのは得意なんでね」

それだけ言うと、じゃあ、と言ってガーシュは枝を蹴って音もなく地面に着地するとのんびり歩いて遠ざかって行った。

◇◇◇

「……と、言う訳で、世界地図を持っていたガーシュに相談してみて、こういうお土産が喜ばれるんじゃないかなと……あと、護衛は影のネイジアが一部を担ってくれるということでした」

「なるほどねぇ……。護衛の件は分かった。あくまで怪しまれない程度の数は連れていくけれど、大分予算は削れると思う。宝飾品の買い付けも、時間が掛からなくていい案だね。自国の宝飾品もいいだろうけれど、シナプスの虎の子の芸術品ともなればどの国でも喜ばれるだろうし」

いつもの夜のお茶の時間、昼の内にまとめた計画の書類を見せるとアグリア様も納得して頷いてくれた。

「よかった。……アグリア様も隣国には詳しいとは思ったんですが、今は旅行に行く前の日常業務もお忙しいでしょう？　私は好きに総務部に顔を出して仕事をしているだけですし……、アグリア様との旅行、あの、とても楽しみなので……」

「うん、嬉しいよクレア。でも、倉庫に顔を出すのはどうかと思うな？」

にっこり笑って釘を刺されてしまった。やっぱり、報告があがってしまっていたか、と私はがっかりと肩を落とす。

「はしゃぎすぎました……」

「君が好奇心旺盛なのは分かっていたつもりだけど……、私の執務室には押しかけてこないのに、ガーシュの所には押しかけるのはちょっと妬けてしまうなぁ」

「妬く……？」

そういえば、アグリア様にはガーシュが血の上での兄だという話は結局していないままだった、と改めて思い出す。私も、血縁という意識があったからついうっかり気軽になってしまっていたが、これは話すとやっぱりややこしいことになる。

まず、ガーシュはネイジア国の民として生きてきて、誇りを持って仕事に当たっている。

私という王太子妃の兄である、と私の口から告げて分かった場合、バラトニア王国はそれを認可し、公表するしないに関わらず、それなりの立場というものをガーシュに与えなければいけない。立場上、どうしても、だ。

王太子妃の兄である、というのは血統において王族が脈々と続くこの国では、重んじられる。そこを否定はできない。まして、バラトニアの王族は神のように崇められているのだ。

その王族に名を連ねることになった私の、血縁上の兄と知られれば、バラトニア王国はガーシュを『影のネイジアの部族長』ではなく『王太子妃である私の兄』として扱わなければいけない。

昼にも考えていたことだが、ガーシュはそれを望まないだろう。

両立できるにしても、影のネイジアの部族長である。目立ってしまっては元も子もない。

隠れ蓑としてネイジア国ではなくバラトニアの貴族として……王家に連なる血となれば公爵になるだろうか……生きることになった場合、ガーシュの元に影のネイジアが集うことになる。

ただでさえ独立したばかりで、他国との距離感に敏感な時期でもあるし、つい先日極冬に攻め込まれるかもという緊張があったばかりだ。

急な出来事はバラトニア王国としても、国民や貴族からの不信感が募る。

そこまでを一瞬で考えた結果、私はやはり、この件は沈黙を貫くことに決めた。

「あの、アグリア様」

「うん、なんだい？」

私は両手でアグリア様の手を握ると、真剣な顔を向けて、夕陽色の瞳をまっすぐ見詰めて、精いっぱい真摯な声で訴えた。

「私は一生、アグリア様以外の殿方に……社交活動があるのでダンスなどはしますけれど……唇一つ許すつもりはございませんので」

「……はぁー……、天然って怖い」

「天然？　何ですか？」

空いている片手で額を押えてがっくりと肩を落としたアグリア様は、苦笑してその言葉をごまかすと、私の頰にそっと触れた。

あぁ、この掌の熱は、私の思考も溶かしていく熱だ。

ゆっくりと目を伏せた私は、そのまま掌に頰を包まれ、近付いてくる唇をただ甘受した。

2　イーリャンという男

シナプス国の虎の子の芸術品を買い付けるために、先々の取引と同じ金額で、同じだけの希少性のある貴石を求めて、鉱山の国……ドラグネイト王国への取引書類をまとめることになった。

私はまた官僚の仕事場にお邪魔して、特に交易に関わる部署の人と協議した結果、先々3ヶ月分の予算で2国に渡す芸術品に相応しいだけの希少な石を買い付けるための予算を立て、その間取引は商人との間で行うのみで、国と国の取引は3ヶ月間止める、という旨の契約書の草案を作った。

商人間との取引の方が、国と国で行うよりも関税が高く設定されている。

今回は王室の事情ということもあり、その間の関税を国と国で取引する時と同じまで税率を下げることにしたのだ。

こうすることで、国内の貴族、大家の人たちに宝飾品が行き渡らないという事態を防ぐことにもなる。また、新婚旅行とはいえ、王室の行事の一環でもあるので、あまり市井に迷惑をかけることも防げる。

王室の実入りは少なくなるが、商人は儲けた分の税を納めることになっているし、貴族だって商人から買い付けたりで財産が増えたらその分の税金は国に払うのだから、国庫にもそこまで負担を掛けない。

そこまで見通しての助言だとすれば、まったくもって実兄でありながらもガーシュは油断できない人物だ。私は自分の頭が誰よりもいい、なんてことは思ったことがないけれど、それなりに知識や政治には自信がある。自信がないのにいきなり他国の改革、なんてことは失礼すぎるからできる訳もない。

それでも、この先見の明を肌で感じると、経験や応用、頭の回転という点ではガーシュには全く敵わない。

『淑女教育の敗北』と呼ばれるくらいには自分が臨機応変という言葉や器用という言葉から程遠いだけに、素直に感動と感心を覚える。視野の広さにもだ。たくさんの国に通じているからこそ、その知識が生きてくるのだと学ばせてもらうことばかりだ。

ガーシュの助言に始まり、細かく関税の取り決め等をまとめ終わると、悪くない計画ができたと思う。

関税の3ヶ月間の緩和も含め、今まで国で買い付けていた分のいい品が直に商人に行き渡ることになるし、商工会議所にも人をやって了解を得た。先を見据えたら悪い取引ではないはずである。

商人は今、潤っている。今まで買い込んでいた食料品を極冬に渡すために国が買い上げた分があるからだ。その資金を使って、今度は３ヶ月間宝飾品の買い付けと貴族相手の商売が捗るのだ。暫く直接取引が多くなり、芸術性も高まって来た国内に良い貴石が広く売られるのはいいことだ。

シナプス国との繋がりも増えるかもしれない。

ルーファスのように、懐中時計のような新たな商品開発を商人が国を超えて行うのは、バラトニアにとっても利益になることだ。

製紙工房から独立して改めて宝飾品のデザイナーとして仕事がしたい、という人もちらほら出てきている。バラトニアの中にも、そういった仕事に就きたいと下働きで働き始める人も増えてきた。

また、製紙工房で働きたいという若者も各地で出てきており、人の流れも大分流動的になっている。役所は各地で悲鳴をあげる日々だが、そこは一時期の超繁忙期の応用でしっかりと休みと体調管理を優先させてなんとかしているような状態だ。

国が変わる、というのを肌で感じている中、その国を離れるのは少しだけ残念だが、王太子妃となった今でなければ充分に準備をして他国に旅行に出かける、なんて真似ができないのも分かっている。

なお、今はその流れに乗って識字率や数字を教えるいい機会でもある。

結婚してすぐにしか新婚旅行という名目で他国を訪れるのは不可能だ。一生に一度のチャンス、と思えば、ある程度バルク卿に託すしかないだろう。

「識字率と数字を教える仕組み、丸投げにしてしまってごめんなさい」

「丸投げ？　さんざんアイディアはいただきました。まずは怪我や高齢で働けなくなった者に国が生活を保障する施設を作り、そこの利用者に文字や数字を教え、そこから子供や利用者の世話をする仕事に就く若者に教えて広めていく……、そこまで考えておいて、丸投げも何もないでしょう。私がするのは、少しお金と人を動かすくらいです」

とは言うが、そう簡単なことではないのは分かっている。

貴族の中には、市井に知識を行き渡らせることを不満に思っている一派がいるのは知っている。私のこともよく思っていないのは感じてもいる。

保守派、とでもいえばいいのだろうか。

女がそんなことをして……、と思われているのだ。

男の中に混ざって何を、ということらしい。もっと有り体に言えば、生意気だ、ということ。

そこらへんは、フェイトナム帝国では何も国政に関わることはなくとも、肌に感じていた感覚だから痛くも痒くもないけれど。

祖国にいた時には、私は口は出さずにただ本や資料を読み漁っていただけだから構わないが、今は仕事として国の運営や改革、そして予算との折り合いをつけて少しずつ変化させていこう、というところだ。

もっと何年もかけた方がいいのかもしれないが、変化という大きな河が今この速さで流れているのなら、人が下手に手を加えて流れを緩やかにしようとしたら、決壊する可能性もある。

貴族への大きな税率の変化はないし、場所も直轄地を中心に、役所のある大きな街から少しずつ進める予定だ。流れをコントロールすることは確かに大事だが、人という国の最小単位から既に変化は始まっている。

この流れを無理やり緩やかにしようとするのは、大河に小石を投げる程度に無駄なことだ。

バラトニアは元より人の管理はしっかりしていた。新たな仕組みが出来ても、ちゃんと浸透していっている。

国が流れに乗っている。だからと言って、戦争などの緊急事態でもないのに国庫を空にするような真似はしない。ちゃんと変化する所と、変化しない所は仕分けてあるはずだ。貴族の誰も、爵位や税率の変化等の影響を受けていないはずである。

それでも、まだ急激な変化のように感じられるらしい。

目まぐるしいのは認めるところなので、それは仕方がないが、それはそれとして、責正爵は早く浸透して欲しいと思っている。

まずは各地の役人から順に試験を受けてもらえるように、各役所に1冊ずつ、責正爵位書の見本を送った所だ。

中には興味を持って読み進めている人もいるらしい。

こういう、少しずつの変化でいい。まずできる人からで、そして、増えてきたら正式に試験や学べる場所を作っていく……。そう考えると、私が旅行に行くのはいいことなのかもしれない。

責正爵がいることで、各地の役所の負担がぐんと減るはずなのだ。変化を止めることはできなくても、流れを導く役人の手はぎりぎりいっぱいという所だ。

私に対して不満を持っていても、バルク卿に何か言えるような貴族はそういない。

バルク卿がうまく進めてくれると信じているので、私はかえって国を空けていた方が上手く事が進む気がしてきた。

「クレア様？　それで、いつドラグネイト王国に買い付けに行かれるのですか？」

「あっ、そうだった。明日行ってくるわ。アグリア様は旅行前に片付けることが多いと言っていたから、私とメリッサとグェンナで」

「ふむ……」

私の言葉にバルク卿は少し考える顔付きになると、出発を2日遅らせて欲しい、と言って来た。

「構わないけれど……どうして？　友好的な関係でしょう？」

「とは言いますが、王太子妃様に女性の護衛2人ではいけません。ドラグネイト王国は鉱山の国。海の男と気性の荒さは変わらず、商人は我が国の商人よりもっと狡猾だ。扱っている品が品ですので」

「それは……」

困ったように笑ったバルク卿は軽く首を傾げた。

「クレア様に能力がないという訳ではないのです。向こうが虚勢を張った時に、それに張り合える何かがなければいけません。それから……」

意味深長に言葉を切ったバルク卿の次の言葉に、私まで真剣な顔になって聞いていると。

「男の護衛の1人も付けずに買い付けに行かせたとバレたら、私がアグリア殿下に盛大に怒られます」

いつもにこにこ笑ってはいるけれど、アグリア様は意外と感情的で意志が強い所がある。言われて得心した私は、真剣な顔のまま、しっかりと頷いた。

私がメリッサとグェンナの3人でドラグネイト王国に行った時、護衛をつけなかったと叱られるのはバルク卿であり、自責の念に駆られるのはアグリア様だ。仕事の手がとまったら元も子もない。

「バルク卿にはまだ、ここでたくさん仕事をしてもらわないといけないわ。できるだけ、強面のいかつい護衛をつけてちょうだい」

「畏まりました」

◇◇◇

近衛騎士団の中でも特に腕の立つ2人を選びました、というバルク卿が連れて来たのは、3人の男性だった。護衛が2人に、交渉役に1人だそう。

見上げる程大きな禿頭に顔から鎧の下まで傷跡の残る三白眼の中年男性と、頬に一筋傷跡があるだけの茶色の髪をした大型犬のような愛想のいい男性の2人が護衛。

眼鏡をかけて、見かけない民族衣装のような飾り紐で留める長衣を着た黒髪に白い肌の男性が1人だ。長い黒髪を後ろに綺麗に結って流している。

「一番の年上がゴードン、こちらの落ち着きがないのがジョン、交渉役は私が育てた総務部のイーリャン。元は外国人ですが博識で、ドラグネイト王国の言語も分かっています」

ドラグネイト王国は地理的な条件でどの国の下にもくだらなかった。交易があったのでフェイトナム帝国語とバラトニア王国語の両方は理解しているらしいが、独自言語がある。

私も簡易な会話ならばできるが、イーリャンと紹介された青年はバルク卿が選ぶくらいだから、余程語学堪能なのだろう。

「ゴードン、ジョン、護衛をよろしくね。イーリャン、私は交渉とかは苦手なの。任せてもいいかしら?」

「はっ!」

「了解っす!」

という護衛2人の気合の入った返事に対し、イーリャンは私を冷めた目で見た。

見下されている、または、品定めされている、と分かる目だ。態《わざ》とだな、と分かったので、私はまっすぐ見上げて目を逸らさなかった。

「……尽力いたします」

声は全く尽力する気がなさそうだ。

もしかしたら、バルク卿に対して私が預けたプロジェクトから外されたことが腹立たしいのかもしれない。私のような小娘の新婚旅行のために国の予算を動かしたり、バルク卿のような有能な人を連れ回したりこき使ったり。この態度を見る限り、私に同行するのは心底嫌だけれどバルク卿の命令ならば、という所だろうか……どうにもバルク卿に対して心酔しているようにも見える。

なめられるのには慣れているけれど、ここで交代、と言えばイーリャンの思うつぼだ。

私は彼の全身で嫌がっている山鼠のような態度を無視して、じゃあ行きましょう、と馬車に促した。

少し面食らった顔をしている。

バルク卿は分かっていて彼を寄越したようで、イーリャンの後ろで笑いをかみ殺していた。帰ってきたら仕事の進捗にめちゃくちゃ言ってやろう……、いや、言うことなしで上がってくるだろうけれど。

護衛はやる気満々でついてきて、馬車の隣を自分たちの馬で並走するという。

馬車の中には私とイーリャン、グェンナとメリッサが乗り込んだ。私の隣にグェンナ、向いにイーリャンでその隣にメリッサだ。

「『仕事をサボって成果が出ないようなら、バルク卿に報告しますから』」

グェンナとメリッサは、私が何を言ったのか理解できなかっただろう。イーリャンだけが、目を見開いて私を見ていた。

イーリャンの祖国……彼がフェイトナム帝国の属国にあたるシンフェ国の出身なのは、着衣から簡単に推測できる。帝国の第二皇女だったことを彼は忘れていたのか……それとも、私が頭からなめてかかられていたのか。

……第二皇女が外国語を話すということに驚いたのだというのは、ずっと後で聞いたことだけれど。

馬車は俄かに出発し、車内は沈黙を保ったまま、往復1週間の買い付け旅行が始まった。

◇◇◇

「さて、本日はわざわざご足労願いまして誠に申し訳ございません。品が品ですので、国外に出すのが憚られまして……特級品を集めております」

相変わらず、商人という人種の顔色というのは全く読めない。

とてもニコニコとして、部屋も豪奢な応接室と歓迎されているが、私とイーリャンが並んで座った質のいい長椅子の向こう、ドラグネイト王国の商工会長は長ーい机を挟んで遥か向こうだ。

イーリャンは今の所口を挟む気はないらしい。それもそうだ、こういう時は代表者である私が挨拶をしなければいけないだろう。

「こちらこそ、無理を聞いてくださり感謝の念にたえません。ドラグネイト王国の宝石や金銀の質は間違いないものだと思い、シナプス国で最高の芸術品との取引に使わせていただく……お金では買えない物も、ドラグネイト王国の品でしたら取引に応じてくださるでしょう。そのために参りましたので。品が品というのもありますが、私が出向くのは当然です」

軽く会釈をして挨拶を済ませると、侍女がお茶を運んできた。

控室にいるメリッサとグェンナも、一応は歓待されていることだろう。

出て来たのは、緑茶と紅茶の中間にあるようなお茶だ。茶葉を粉砕せずにそのまま発酵させたもので、褐色とも緑色とも言える不思議な色合いをしている。名前をウーロン茶という。もっと言うならば、シンフェ茶、とも言う。

これで分かった。私はまるっきり相手にされていない。

ウーロン茶もといシンフェ茶はシンフェ国のお茶。茶菓子も、それに合わせた月餅というお菓子だ。取っ手のついてないティーカップなのは、シンフェ茶はそんな熱いお湯で淹れるものではないから。

もしかしたら、他意なく珍しいお茶とお茶菓子で驚かせよう、喜ばせよう、という気持ちだったのかもしれないが、お茶が出て来るタイミングが遅い。予め誰がどれだけ行くかは連絡していたことだし、到着時間も細かく知らせている。商人の時間を無駄にするのは失礼だからだ。

向こうもそれを分かっているはずなのに、私の挨拶が終わり……つまり、一応の顔を立てて仕事の話をする段階になって……お茶を出してきた、と見るべきだろう。

今日の商談相手として、歓待する気があるのはイーリャンの方。私は物の価値も分からない小娘、と思われているということだ。

バラトニア王国が居心地がよすぎて忘れていたが、本来、確かに取引や契約というのは男性の仕事である。

職能もそうだけれど、身に付けるべき知識が違う。だから、私はこのお茶に次のメッセージが籠められていると解釈した。

『小娘は引っ込んでいろ』だ。

ルーファスの時にも思ったが、全く、本当になめられたものだと思う。

仕方ないという気持ちが半分、挽回しなければという気持ちが半分で、落ち込むよりも私は友好的にそのチャンスをくれた相手に対して微笑みを浮かべていた。

「あら、月餅にシンフェ茶ですか。珍しい物をお持ちですね。……香りからして仕入れたのは2

年前ですか？　トウがたっていないので保存状態も良好。月餅の方も、地元のお菓子としてはとても有名ですものね。イーリャンには懐かしい甘味かしら？」

「いいえ、バラトニア王国はフェイトナム帝国と交易しておりますので、このような嗜好品もよく入ってきます、王太子妃殿下」

「そう、ならば今日は寛いで品を選べるわね。私もフェイトナム帝国では緑茶を飲むことが多かったもの、紅茶とも違う緑茶に近いこの香りには久しぶりにとても落ち着くわ」

　このやり取りに顔色一つ変えずに合わせたイーリャンを褒めたいが、目を白黒させていたのは商工会長だろう。

　たしかに私はフェイトナム帝国から差し出された嫁だけれども、淑女教育の敗北だけれども、知識と好奇心と記憶力はずば抜けている自負がある。バラトニア王国ではそれが大いに役に立ったが、所違えば女とはこうして見下されるものだ。

　私が器用に楊枝を使って、薄い衣の下の餡を零さず切り取り口に運び、シンフェ茶を飲む姿には、淑女教育の敗北であろうとも慣れがある。

　イーリャンに関しては言わずもがなだ。私が手を付けてから食べるという順番は守っているが、私がなめられたお陰で故郷の味を無料で提供されて有難かったことだろう。ほんのり口元が笑んでいるように見える。

　行きの馬車の中でも、私の言葉には生返事を返して沈黙を貫き通した彼である。私を出汁にできることがどうも嬉しいらしい。それでも、仕事には真面目なようだから今は何も言わないでおこう。

このドラグネイトの商工会長は、私たちがどれほど物を知っているのか、を測りたかった可能性もある。マナーとして茶菓子とお茶には口を付ける、というのもシンフェ国のやり方だ。ただし、月餅の下に懐紙と呼ばれる紙が敷いてあったら、お茶だけ飲んで茶菓子は持ち帰る。

今回はこの対応でよかったらしい。表情を改めたドラグネイトの商工会長が、前のめりになって表情を変えた。

「……大変失礼いたしました。お客様を試すような真似をしたこと、心よりお詫び申し上げます。改めまして、ドラグネイト王国の商会全てを取り仕切っているランディ・ボグワーツ、侯爵位をいただいております。品が品なのは本当です。さっそく運ばせますか？　もう少し、お茶を楽しまれますか？」

つまり、品を運ぶならお茶と茶菓子を下げるということだ。

間違っても飲食物と同じテーブルに載せられないような品を用意してくれているという意味でもある。

「せっかく出していただきましたので、食べてからにいたします。私のことは、どうかクレアと。隣は交渉役のイーリャンです。よろしくお願いいたします、ボグワーツ卿」

「どうか、私のことはランディと」

私はにっこりと笑って返事を返す。

これで場は摑んだようだ。

とりあえず、お腹に溜まる月餅を食べてしまおうとせっせと楊枝を動かした。

◇◇◇

「さて、では商談に参りましょう。……心の準備はよろしいでしょうか？」

「ええ、もちろん。私は宝石を収集する趣味はありません。ただ、特別に美しい貴石を特別な職人が芸術品として扱う機会はあるべきだと考えています。これは、そのために我が国ができる滅多とない機会です」

3ヶ月分の予算での買い付けなど、今後どんな機会があるか分からない。

他国への訪問とはそれだけの大業な行事である。こうして予算を割くということは、次の機会はもっと国が落ち着いてからになるだろう。

その滅多とない機会をこうして得たのだから、私は本心からそう告げた。

ランディ様も同じだけ真剣な面持ちで私を見る。少し、心配もしているようだった。

「宝石は人の心を奪います。ただ愛でたく、手元に置いておきたくなるかもしれませんよ？」

ボグワーツ侯爵……いいえ、商工会長のランディ様は熱心に注意をしてきた。

それだけ石に魅入られた人を見て来たからだろう。

ただ、私は宝石に対して……はしたないので誰にも言ったことがないのだけれど……愛でたいというよりも実は、美味しそう、という感想を抱いてしまう。飴や琥珀糖のように見えて、なんというか、手元に置いておくよりは、石そのものが美味しそうでその場で口に入れてみたいという気持ちに駆られる。

皇女としてそれなりに素晴らしい品々は見てきたし、身に付けてもきた。

今は王太子妃として恥ずかしくない宝飾品を身に纏っている。こうしてアクセサリーになってしまえば美味しそうという気持ちも少しは失せるのだけれど、石そのものを持ってこられて「どう加工いたしましょう？」と言われると、困ってしまうのだ。

知識として、そして経験から良い物を見る目は持っていると思っているが、感性がこれなので、特に美味しそうだと思った物をイーリャンに相談してイーリャンから感想を伝えてもらおうと思っている。

「その心配は、私には無用です。どうぞ、お持ちください」

「分かりました。——運んでくれ」

ランディ様はしっかりと確認を取った上で（それはそうだ、虎の子の宝石が芸術品になるならともかく、ただ愛でられるためだけに出ていくのは産出者として悲しい物があるだろう）後ろに控えていた従者に申し付けると、従者はワゴンに載せた5つの箱を持ってきた。

どれも同じ青い天鵞絨《ビロード》張りの箱に、金細工の留め具がついている。箱だけでも平民ならひと財産だろう。

私たちの目の前に並べられた箱はどれも同じ大きさと形をしているが、間違っても留め具で石に疵をつけないように大き目の箱が用意されているのだろうと思った。

白手袋を付けた従者が一つ一つ箱を開けていく。合間に、ランディ様の解説が入った。

「1つ目。……採掘は20年前、あまりの大きさと不純物のなさから『深海』と呼ばれたサファイアです。深い青が昼の室内では黒に近い紺を思わせますが、透明度故に光の量でいかようにも輝きます。カットは最低限に留めておりますが、この大きさですと……とても、普通の装飾品には使えないでしょう」

実に美味しそうな、私の掌に載せたら半分以上を占めそうな大きな石だった。当然素手で触る真似はしない。

バラトニア王国に流れなければ、当然フェイトナム帝国にも流れない。今まで見たこともないほどの大きさのサファイアだ。

時を待つという言葉があるが、まさに今まで、時を待っていた宝石たちがここに並べられているのだと感心した。

私の視線にランディ様は何を感じたのか知らないが、怪訝な顔をして2つ目の箱の説明をした。

「2つ目。こちらは、石自体の希少価値も高いのですが、硬度が低く、この大きさの物はまず出ません。さらに古く30年前の出土となります。加工が難しいので原石ですが、これに挑みたいという職人は多いでしょう。……『永遠の初夏』と呼ばれる、フォスフォフィライトという宝石です」

岩石の中に埋まるようにしながらも、貴石部分の大きさは先程のサファイアに大きさは引けを取らない。

魚のひれのような、厚手の板のような青緑の石だった。屋内であってもその瑞々しい青は、確かに新緑を思わせる。若葉が香るような色合いに、こちらもまた清涼感のある飴のようだと思って眺めてしまう。

「続きまして、3つ目。宝石と言えばこれ、と言われる定番の物ですが、その中でも特に希少な色と大きさを持つ物です。出土は5年前ですが、以降も以前もこれ程の逸品にはお目に掛かれておりません。光を取り込むように既にカットはしてありますが……『春』と短く呼ばれています。全くの混ざりけのない、ピンクダイヤモンド、と呼ばれる宝石です」

これは少し驚いた。ピンクダイヤモンドは何故その色になるのかは知られていない。

というよりも、解明されていない上に、めったに出土せず、フェイトナム帝国にもほとんど流通しなかった。数が希少であり、ダイヤモンドの加工は硬すぎるのでフォスフォフィライトと別方面で今度は難しい。

同じくダイヤモンドの中でもカッティング用の不純物の多い鉱石を刃上に鍛えて、刃が負けないようにカットする必要がある。

実物を見るのは初めてだが、その光沢は金属のようでありながら、多角にカットされた濃い桃色の石は、春の花々を思わせる。相応しい名前だと思う。この宝石、特に甘そうでいいな、など と不純なことを考えているうちに、次の箱が開けられる。

「４つ目。最初の『深海』と同じ時期に兄弟石として採掘されたもので、『火炎』と呼ばれております。あまりの輝きに、まるで熱をもっているかのようだから、というのが名の由来です。ルビーではなく、レッドスピネル、という石にございます」

一瞬ルビーと見分けがつかないが、大きさも最初の『深海』と同じくらいで、本当に燃えるような赤をしている。窓からの光を取り込み、中で反射して揺らぐ輝きは、赤い水面のようにも、炎の揺らぎのようにも見えた。

美味しそう、ではない。けれど、この石には……強く魅かれるものがある。じっと眺めているうちに、アグリア様を表すような色味だからだと気付いて、少し恥ずかしくなった。

私は宝石には美味しそうという感想を抱く感性だと思っていたが、アグリア様は私の感性を超えてこんなところにまで入り込んできている。

とても気に入ったけれど、これはすぐシナプス国の虎の子の芸術品と交換するための物だ。そう思うと、今選びたくはなかった。いずれ……私が何か大きな功績を残した時に、手元に置きたいと思う。

ランディ様の言葉は正しかった。まさか、宝石に対して一種独特な感性を持つ私まで魅入られるとは。

「最後になります。……我が国では神聖な石とされ、採掘された後に加工後、1年間神殿に納めます。我が国は山の神……ひいては、山を創ったとされる太陽、炎の神を信仰しております。この石はそれだけ神聖な石の中で、さらに大きさと純度が高く、年代は……もう100年は昔のものになるでしょうか。もしこれを求められるのならば、宝石はこれのみでしかお譲りできません。『陽の光』と呼ばれる、インペリアルトパーズでございます」

それは赤とも黄色ともつかない、透明度も高くて光の具合で透明にすら見える石だった。

一番美味しそう、とも思った。神聖な石らしく角をつけた雫型にカットされているが、この神秘的な石ならば、きっといくらでも職人は寄ってくるだろう。

ただ、今回は2つ欲しい。1つで2つの芸術品の価値があるのは、ドラグネイト王国にとってのみだということを、ドラグネイト王国側も理解しているだろう。これは本当に秘蔵の、他の商品を担保するための特級品中の特級品という意味で出してきたのだと思う。

この石を並べる程度には、国内でも屈指の石を集めました、という意味だ。

新婚旅行のお土産の元にするには、ドラグネイト王国にとってあまりに貴重すぎる。

『深海』と『春』にしようか、『永遠の初夏』にしようか……ちらりとイーリャンの方を向くと、彼は真剣な目で宝石を吟味していた。

もう少し、彼が吟味し終わるまで私も宝石を眺めようと思う。

この買い物はさっと選ぶ物ではない。

ちゃんと、相談して決める場面だ。お財布は私ではなく国なのだから、当然と言えば当然でもある。

イーリャンは最初から私に対して友好的な態度ではなかったため、実は何ができる人なのかをよく知らない。

バルク卿が交渉役として付けてくれたのだから言語や実務方面の腕は信じられるが、何ができるのかを知らないので、どう相談したものか迷った。

と、思って何と声を掛けようかと思っていると、イーリャンはポケットから柔らかい白手袋を取り出して身に付けた。

「少々、石と対話をしたいのですが、触れてもよろしいでしょうか？　傷つけないことはお約束します」

「……身形《みなり》から思って出迎えの茶を用意しましたが、シンフェ国の方ですかな？」

シンフェ国については私も歴史書や資料を読んで知っていたが、何やら私の知らないことがランディ様とイーリャンの間で通じているようだ。

そもそも、石と対話とは何だろう？　宝石の審美眼を持つとか、そういうことを大袈裟に言っているだけなのだろうか。

ランディ様が私の不思議そうな様子に気付いて、イーリャンに目配せする。イーリャンから話すべきことで、ランディ様からは話せないことのようだ。

私はその視線につられてイーリャンを見る。

説明しなくてはいけませんか？　とありありと顔に書いてあるが、当然説明されないと意味が分からないのでじっと瞳を見返した。

あきらめの溜息を吐いて、イーリャンは説明を口にする。

「シンフェ国は四神を崇めている国です。それはご存じかと思いますが、四神とは東西南北に位置するとされる龍脈に坐神《おわす》のことで……長くなるのと、この辺りはご存知でしょう？」

「ええ、フェイトナム帝国は一神教だけれど、宗教に関して属国に強制はしなかった。反乱されるのを防ぐために、そこは触れないというのがやり方だったから、概要だけならば一通りは知っているわ」

神という存在を、私はあまり信じていない。というより、宗教というのは政治的な道具の一つとして見ている部分があった。

フェイトナム帝国の長年の属国であったバラトニア王国に宗教がないように、各国の宗教はそのまま認められ、フェイトナム帝国が押し付けることはない。

人心を摑むのに同じ物を崇めることは大切だが、属国としての存在を認めるならばそうはいかない。

離反させないためには、逆に相手の心の中まで攻め込んではいけない。長い歴史の中で謀反をおこされてきた、フェイトナム帝国が学んだことだ。

「四神を奉る場所を神の社と書いて神社と呼びます。神社には司祭がいて、神に朝晩の供えをし、坐ところを整え、時に祈禱を捧げて声を代弁し、時には人の願いを聞いてもらいます。……その顔はまやかしだろう、と思っている顔でしょうけれど、まぁそういう文化です」

イーリャンは宗教の話をする時、より一層の嫌悪感と憎悪にも近い感情を、無表情の下に隠しているようだった。私は軽く触れることしかしてこなかったのだが、イーリャンは心の底からその神と奇跡を信じているようだ。ここで口論しても仕方がないし、そもそも意見を戦わせるようなことではないので黙って聞いておく。

「クレア王太子妃殿下にとっては、神はあまり身近でない。ですが、ドラグネイト王国でも神殿に司祭がおり、石を奉納します。自然に近い国や文化を持つ者は、神の……或いは、神と名を付けた人智を超えた何かを信奉しているものです。バラトニア王国の船乗りも海の神に祈って漁に出ていますよ」

ランディ様がイーリャンの言葉を補足する。

私は漁師のかたとはお話をしたことがないから知らなかったけれど、自分が存在を感知していないものに対して信心を抱いている人というのは、共感はできずとも理解はできた。

思えば、ガーシュとバラトニア王国で兄妹として出会ったのも、そういう何かの引き合わせなのかもしれない。そう思えば、すとんと自分の中にも落ちて来る話だ。

「私は四神の中で青龍の社に仕える司祭の子でした。上に兄弟が何人も居たので、国を出てバラトニアで働くことにしましたが、幼い頃より修行は行いましたので……青龍は、ドラグネイト王国の神と同一のもの、とでも覚えておいてください。後でちゃんと説明します」

「……つまり、貴方はドラグネイト王国の司祭と同じことができる、ということ？　それが、石との対話？」

「そういうことです。……信用されますか？」

イーリャンは私の中に信心というものが一切ないことを最初から分かっていたのだろう。うさんくさい、とでも言われると思っていたのかもしれないが、私の好奇心はそんなものを軽く飛び越えるのだ。

「信じるわ。あのね、3つの石で迷っていて……」

「どれでしょう。何か、魅入られる石でもありましたか？」

最後の1つはイーリャンにとっても1つしか手に入らないということで除外されていたのだろう。

「『深海』『春』『永遠の初夏』。この中から2つ選びたいの」

「畏まりました。——よろしいでしょうか？　ランディ様」

「青龍の司祭様でありましたら、お任せいたします」

「ありがとうございます」

四神のうちの青龍というのが、名前からしても太陽の神を仰ぐというドラグネイト王国の宗教観と私の浅薄な知識ではいまいち合致しないのだが、そこは後で説明されるということなので私は黙っておくことにした。

「では、クレア様。これから行うことは貴女の目にどう映るかは分かりませんが、何か不思議を感じても声を上げないようにお願いします」

イーリャンが念を押すので私は再び黙って頷いた。もしかしたら、信心のない人間には見えないような何かが起こるのかもしれないし、信心がない自覚がある私にはその不思議は見えないのかもしれない。

そして、イーリャンはそっと『深海』から手に取った。

『深海』を手袋をはめた手で両手で捧げ持つように持ち上げたイーリャンは、目を伏せて自らの額にその石を寄せる。

私の目には最初、何が起きているのか良く分からなかった。イーリャンは何か不思議な言葉を唱えた訳でもなく、石に語り掛けたわけでもない。けれど、やがてそれは訪れた。

暫くそうして額に石を寄せていたイーリャンと石の間に、青白いような光が現れて、それが石とイーリャンを包んでいく。イーリャンの長い髪は風もないのに水中の中に居るように浮いてうねり、そこで初めて、イーリャンはシンフェ国の言葉を発した。

「『神経回路接続、鉱石言語解読の承認開始……承認確認。意思確認開始、……意思確認完了』」

私がシンフェ語が理解できるとは言っても、これは呪文というよりも、何か別のもののように聞こえる。

もっと、敬うような言葉や何かがあるのかと思ったけれど、対話というのには余りにも無駄がなく、どちらかと言えば機密を扱う暗号のような呪文だ。

シンフェ国の神事とはこういう物なのかしら、と思って眺めていると、少しの間沈黙している間に光が収まり、イーリャンは石を元の箱に戻した。ひどく疲れた顔をしていて、ランディ様が立ち上がって長いテーブルの向こうから手ずから水差しの水をイーリャンに差し出した。

それを受け取るイーリャンは丁寧に手袋を外して微かに震える手でコップを受け取り、水を一息にあおる。

「……ねぇ、イーリャン？　もしかして、とってもそれは体に負担がかかることなのかしら？」

「そうですね……疲れないと言えば嘘になります。が、どう言えばよいのでしょう……馬には乗られますか？」

「いいえ、乗らないわ」

「では想像してください。馬の意思と自分の意思を通わせる……それも、今回は初対面の石で、別の国の産出物ですし、奉られていた訳でもないので野生馬とします。その野生馬に、蹴られないように近付いて、どうしたいのかを聞いたうえで、野生馬が許せば背に乗せてくれる。……というようなことを、無理矢理行います。弾かれればそれまでですが、ドラグネイト王国は信心の厚い国ですので、野生馬程暴れたりはしませんが」

想像してみて、と言われて想像してみるものの、あの神秘的な光景を暴れ馬を馴らす感じです、と言われてもいまいちピンと来ない。ただ、イーリャンが唱えた言葉の意味は理解できたので、神経回路を接続……というのが蹴られないように野生馬に近付くことで、意思確認、というのが乗せてくれるかどうか、なのかは分かった。

光るまでに間があったのは、石とイーリャンの間で警戒されるかどうか、のようなやり取りがあったのだろう。

「私は神事としてこのようなことを行う技能を持っていますが、シナプス国の職人も無意識にやっていることだと思います。いえ、他にも一流の人間ならば、無意識に。どうなりたいのか、どういう形になりたいか、声のないものから声を聞くという感覚です」

私は一流の何かではないが、料理人が食材の声を聞く、というのは聞いたことがある。そういう時に作った料理は特に美味しくできるのだと。

イーリャンは何かを極めた人間ではない……のかしら？　司祭としての能力を有したまま他国の文官になるというのはかなり優秀だけれど……けれど、それを神事として行うことができる、と。

私が納得したような顔で考え込んでいると、イーリャンがようやく私に対して微笑んだ。

「貴女は……今の不思議を見ても、そこには何も言わないのですね」

「光ったこと？　でも、宗教というのは神の言葉を聞いて神の意思を広く伝えるものではないの？」

「それはそうなんですが……、バラトニア王国に宗教はありませんし、フェイトナム帝国は……」

言葉を濁した理由は分かっている。フェイトナム帝国の宗教関係者は、汚職に塗《まみ》れて本来の司祭の役目を果たせない、ある意味市井から成り上がるための権力争いの場になっている。

私に信心がないのもそのせいだ。だけれど、フェイトナム帝国の宗教が腐っているからと言って、他国の宗教まで腐っていると決めつけるつもりは毛頭ない。

ドラグネイト王国では石を奉るというし、石には力が宿るという話もある。パワーストーンという、お守りのようなものだけれど。

「それとこれとは話が別だわ。フェイトナム帝国は他国の宗教に手を入れないことを不文律にしていたもの。シンフェ国の宗教は尊重されるべきだし、もちろん、ドラグネイト王国の宗教もよ」

「そうですか。……では、『深海』の意思をお伝えしても？」

これは、信じてくれますか？　という確認だろう。

私は真剣な顔で頷いた。

「『深海』は『火炎』と離れることを望みません。必然、『春』と『永遠の初夏』になりますが、どうなさいますか？」

つまり、『深海』を持っていくには『火炎』と組み合わせなければならないようだ。

何度も確認させるのも申し訳ないし、離れがたい、というのも兄弟石と聞いていれば納得できる。

『春』と『永遠の初夏』についてはどうなのかは分からないが、兄弟石を引き離すよりかはいくらかマシだろう。

「では『春』と『永遠の初夏』をいただいていきましょう。代金は先の書類の通り半金を本日、持ってきて預けてありますが、残りはどうお支払いすればよろしいかしら？」

「……シンフェ国の司祭様の奇跡だけでなく、我が国の司祭と同じ答えに辿り着いてくださったことを感謝します。ええ、残りの代金は後程こちらに持って来てくだされば、所有者に正当に払います。最初から予算をいただいていたので、その中で用意した特級の石ですので」

本当に手離せない物はここにはない、という意味だろう。

「もし、いずれ許していただけるならば、ドラグネイト王国の神殿に参ってみたいものです。私には石の声を聞いたりはできませんが、本日はランディ様とイーリャンのお陰で不思議な体験もできました。とてもきれいな石を用意してくださってありがとうございます」

微笑んでランディ様に告げ、イーリャンにもありがとうと小さくお礼を言うと、引き取る石を持ち帰るために梱包するというので、今度は紅茶でのんびりともてなされた。

イーリャンの疲労に配慮してのことだろう。お茶を飲んでいる間にゆっくり休めたので、今日の宿としてとっておいたドラグネイト王国の街中にある高級ホテルへと石を持って移動した。

◇◇◇

「ねぇ、四神の青龍の司祭が、ドラグネイト王国の太陽の神と同一視されているのはどういうことなの？」

「今、その話をするんですか……」

一晩ぐっすりと高級ホテルのそれぞれの部屋で休んだ私とイーリャンは、大事な石と一緒に馬車に揺られながらもうすぐドラグネイト王国を出ようという所だった。つまり、馬車に乗り込んで朝一の会話である。

行きと同じように護衛が2人、馬車と並走している。といってもそんなに速度を出しているわけではないので（行きはともかく、帰りは壊してはいけない石を持っているからだ）並足で付いてきている。

イーリャンとは商談の場でだいぶ打ち解けた、と思ったけれど、気のせいだったかもしれない。

やはりどこか私を警戒し嫌悪しているようでもあり、それが宗教に関することならば、一番伏せておくべき不思議を私の前で見せたのだから、もういいような気がする。いえ、これは私の感覚だから、イーリャンの本音は分からないけれど。

それとも、朝が弱いのか、昨日の疲れが残っているのか、あまり気乗りしないようだった。

それでも行きのように生返事で話を流さなかったのは、後で説明する、と自分で言ったからだろう。

迷惑そうに溜息を吐いてから、目を伏せてこめかみを押えている。

「正直、今お話ししても理解していただける気がしませんので、予備知識の確認だけでもよろしいですか？」

「ええ、いいわよ。私が知りたいのはイーリャンのことなの、一緒に仕事をする相手だもの。だから、宗教のことに触れてほしくなければ、どうしてバラトニア王国で働いているのか、何故そこまで私のことが苦手なのかを教えてくれるのでもいいわ」

本当は宗教のことも詳しく根掘り葉掘り聞きたいが（大体の宗教については各国で聖典として纏められているが、フェイトナム帝国にも聖典は入ってこないのだ）、言った通り一番興味があるのはイーリャン自身についてだ。

この先もバルク卿がついてこれない場合には、イーリャンが代理でついてくるのだろうと思う。今回は大事な商取引だったのに、バルク卿がついて来ないということは、そういうことのはずだ。

今後シナプス国に使節として向うのもきっとイーリャンになるだろう。買い付けも、私よりイーリャンの方が向いているはずだ。

「私のこと……を、話すよりは、四神の話のほうがマシですね」

「そんなに私が苦手なの……？」

少し傷付いたように言うと、イーリャンは気まずそうに顔を逸らした。

「苦手というか……、いえ、大分苦手意識は薄れたのですが、どうか未熟な心情をご理解ください」

少し詰まったような声で言われては、無理に踏み込むこともできない。元は宗主国の皇女だし、私が苦手というのは仕方ないだろうとも思う。けれど、そこが主な気はしない。何か別の所で、イーリャンには距離をおかれているように感じる。

「分かったわ、じゃあ、予備知識の確認とやらをしてくれるかしら」

これ以上踏み込むのは、権力を笠に着た行いのように感じたので、私は話を戻した。

「まず……天体についてはどれ程ご存知ですか」

「てんたい？」

「夜に空で光っている、無数の星のことです。我々が立っているこの大地も、星というもので、天体の中の一つです」

私は、そこら辺の知識に関しては実はあまり手を伸ばしていなかった。理由は、それらについての『正確だと確信できる資料』がないことが原因だ。

星の位置から方角を割り出すとか、太陽の位置や影の落ち方から時間を見るという本や知識は蓄えた。が、星座や星の並びには意味があるだとか、星は動いているとか、見えないけれどこういう並びで星がある、とか、そういった物に関して、裏付ける資料は見つからなかったので、早々に放り出した。

もしかしたら、各国の聖典とやらを読むことができていれば、何かしら納得のいく理由が書いてあったのかもしれない。しかし、不確かな知識に時間を割くには、もっと他に検証し、確実な結論が出ている書物や資料が溢れていた。

なので、天体、という言葉自体は一度や二度は見たかもしれないが、改めて耳から聞くのは初めてのことだし、口にしたのも初めてだ。

「……やはり、今ご説明するのは無理です。書き物がないとお話しできません。理解が追い付かないというより、時間の無駄です」

「……そうなると、やっぱり、行きと同じように……」

「我が祖国では、沈黙は金、とも申します。静かに帰りましょう」

イーリャンとのお喋りで長い道中を過ごすのはどうやら無理なようだ。

それにしても、宗教のない国に嫁いできて、宗教についてこんなところで触れることになるとは、人生は中々面白いものだと思う。

仕方がないので、馬車の窓の延々と続く畑や遠くの稜線を見ながら、私は王都まで黙って過ごした。

◇◇◇

「……今回の買い付けは疲れました」

王都に帰った日の夜、アグリア様と晩餐を取り、私の部屋でお茶にするときに私はつい愚痴をこぼしてしまった。

あまり仕事の愚痴を言ったことはなかったと思うので、一瞬アグリア様がぎょっとしたようにしてから、そんなに？　と恐る恐る聞いてきた。

「ええ、私は沈黙はさほど気にならない性質ですが……一緒に行ったイーリャンがよく分からないのです。私に対して好意的でない感情を持っていることは理解できますし、仕事の面ではそこを出さないところはいいのです。ですが、自分を好ましく思っていない……ありていに言えば嫌っている人間との旅は、そこそこ疲れもします」

これは、フェイトナム帝国にいたときの、日々の食事や必要な会談の場で感じていた類のストレスだ。

何か攻撃されるわけではないのに、ただ自分に対して悪感情を持っている、というのがはっきりと分かる人間のそばにいる、会話をする、というのは結構なストレスを感じる。

当時はその後自室に暫くひきこもるなり、本に没頭するなりで過ごしてきたけれど、今は温かく迎えてくれる家族がいる。

それで、つい口から出てしまったことに、しまった、と思って片手で口を押えた。

「いいから、話して。クレアの考えていることならなんでも聞いておきたい」

そんな私の手をそっとアグリア様の手が握って膝に置く。いつもの微笑みでまっすぐに見つめられて、私は、はい、と微笑む瞳に見惚れながら返事をした。

心でも読めるのだろうか。私が、うっかりと気を許してしまったことを……咎めるのではなく、どこか喜んで受け入れてくれている気がする。

「イーリャンは、どんな理由からか分かりませんが、私を嫌っています。ただ、質問には誠実に答えようとしてくれますし、私も知りたいことは聞く性質なので、今回の旅で会話のきっかけはあったのですが……それ以外の雑談というものはなく、また、結局聞きたいことも私の知識不足で聞くことは敵いませんでした。おかげで沈黙したままドラグネイト王国から帰ってくることとなりまして」

「ははぁ……、イーリャン。あぁ、あの南国の出の官僚だね。うん、クレア。君は嫌われているんじゃなくて……なんといえばいいのかな、この場合。嫉妬でいいんだろうか」

私はぽかんと口を開けてアグリア様を見つめてしまった。彼は、少し困ったように笑って頰をかいている。

「バルク卿は仕事に対してはストイックな人間だ。そのバルク卿が目を掛け、右腕として今まで大事に育ててきたのがイーリャンで……、君が来てからというもの、バルク卿は君の護衛兼相談役だったからね。イーリャンは暫くバルク卿の日常業務の補佐に回って、あまり顔合わせの機会もなかったらしい。だからこう、君にバルク卿をとられた、と思っているんじゃないかと思う……予想でしかないけどね。やっぱり本人に聞いてみないとこういうのは分からないな」

「嫉妬……、まさか。バルク卿はそのような不公平は行いません。事実、責正爵についての仕組みづくりに入ってからは私とはあまり一緒にいませんし、元に戻ったはずです」

「うん、だからやっぱり本人に聞いてみないとね」

その、本人に聞くというのが、とんでもなく難易度が高いんですが。

とはいえ、明日は時間を作ってもらって宗教の仕組みを教えてもらう予定だ。

「そう、ですね。本人に聞いてみようと思います」

「さて、それじゃあそろそろ本題に入ろうか。どんな石を買ってきたのかな?」

そういえば、主目的については簡単な報告だけを上げて休ませてもらったのだった。

私は殿下に、どんな石があり、どんな風に選んだのかを詳《つまび》らかに話したが、イーリャンの儀式と呼ぶべき行為については、なんとなく口にするのが躊躇われて濁して話した。

3　宗教というもの

翌日、イーリャンの執務室を訪れた私は、来客用のソファとテーブルに案内され、お茶もなしに本題に入られた。

総務部の中でも要職にある人には個室が与えられているが、バルク卿の部屋の隣にイーリャンの部屋はあって、今、私はそこにいる。

「はい、ではお話をする前にこれらの資料を読み込んでください」

「……これは？」

「私が個人で紙の普及と共に書き起こした祖国の聖典の写経……写しですね。修行の一環ですので」

そうして目の前にどさどさとおかれたのは、厚さ5センチはあろうかという紙の束を紐で括ったものが、4冊……5冊……6冊、ある。

イーリャンの宗教について教わるためには、事前知識がないことには理解できないというのは分かったが、まさかこんなに量があるとは思わなかった。

「私はそこのテーブルで仕事をしますので、読み終わりましたらお声がけください。感想は言わなくて結構、理解も必要ありません。許容、それだけを求めます。否定するようなことを言われた瞬間に、このお話はなかったことにいたしますゆえ」

「わ、分かったわ」

では、と一礼して、彼は本当に執務机で仕事を始めた。

私のことを嫌っている……とまではいかないにしても、好ましくは思っていないイーリャンだが、約束を反故にしたりはしない。嫌だと思っていても、最大限譲歩してくれている。

アグリア様が言っていた通り嫉妬の表れなのだとしたら、一体バルク卿と私の何に嫉妬しているというのだろう？　仕事をする上で組む人間が業務ごとに変わるのは当然のことだ。それが原因で嫉妬するような人を、果たしてバルク卿は側に置くだろうか。

本人に聞かなければ分からないことをこれ以上考えるのはやめて、私は紙束に向き合った。

ここにあるのは、未知の書物だ。私が勝手に敬遠してきた物でもある。だが、私は不思議を見た。ならば、この書物を読む裏付けには十分ではないだろうか。

私は理解したい。何がどうしてそうなるのか、先人は何を考え、神という存在は本当に在るのか。それは、どんなもので、どのように人は神を解釈しているのか。

ここにあるのはシンフェ国の聖典の写しだ。まったく価値観の違う何かだ、当然表紙からシンフェ語でもある。

私は深く息を吸って吐くと、気合を入れて1冊目の表紙を開いた。

……小難しく書かれているが、内容を要約すると童話のようでもあるし、科学的根拠も垣間見える内容で、私は気づけば部屋の中に西日が射すまで没頭していたらしい。

薄暗くなって読みにくいな、と顔を上げたときには、手近に表面の乾いてしまった具を挟んだパンと冷めた紅茶がおかれていた。

誰かは分からないが、侍女が用意してくれたのだろう。申し訳ないことをしてしまった。

「ごめんなさい、まだ読み終わらないの」

「いえ……あの、今何冊目ですか?」

「そうね、4冊目に入ったところなんだけど」

「…………1週間は黙ってそれを読んでもらうつもりだったんですが、そろそろ今日は仕事が終わりです。明日また来てください」

あきれたような溜息を吐いて、イーリャンは静かに告げる。1週間、ということはお休みの日もあるだろうから、1日1冊ペースで読み進めればいい方だと思われていたようだ。

生憎と、没頭すると何もかも忘れてしまう性質なので、そんなに時間を掛けたりはしない。読み返す必要もないし、今のところ理解できないという内容ではない。

ただ、なんというか……、これをどう受け止めるのかは、読んだ人間次第だという突き放し方を感じる。

聖典を書く人はこれを信じている人に向けて書いているのだろうから、盲目的に信用するか、信用できなければこの教義にふさわしくないと、本の方から値踏みされているような感覚だ。

「ええ、お言葉に甘えてまた明日来るわ。明後日にはちゃんと、イーリャンの話が聞ける準備ができると思う」

「そのようですね。……では、また明日、王太子妃殿下」

「ええ、また明日、イーリャン。あ、これ持って帰らないと……」

本を丁寧に揃えて重ねて置くと、パンが目に入って、捨てるわけにもいかないが、今これを食べたら晩餐が入らない、と困っていると、近づいてきたイーリャンがひょいとつまんで大きく口を開けて3口ほどで食べてしまった。

「失礼、お腹が空いていたもので。――ほら、もう7時になりますよ」

「あ、あぁ、ええ、ありがとう。また明日ね、イーリャン」

意外な行動に動揺した返事を返すと、私はそっと頭を下げてから執務室を後にした。

イーリャンはまるで、聖典のような人だと、不思議に思いながら晩餐のための身支度をするため部屋に戻った。

◇◇◇

私は、基本的に裏付けのないものは物語としてしか楽しめない。

宗教……というのは、祖国のフェイトナム帝国にもあったが、その腐敗をさんざん見てきた私にとって、神はおとぎ話の中の存在であり、信じるものではなく、また、祖国の国教を信じていたわけでもなかったし。

バラトニア王国に嫁ぐ際、私は祖国の国教を棄教している。胸が軽くなったような気持ちでもあったし、バラトニア王国に宗教がないと知ったときには驚きながらも、それを歓迎している自分がいた。

もし、神というものがいるのだとしても、私にとっては良い治世をする王を神としてあがめるバラトニアの体制がとても、性に合っている。

王は、私からしてみれば不確かな神よりも、はるかに国民に実益を与え、血肉の通った政治は国民が信奉するのも理解できるし、信奉されていればこそ、王は民を裏切れない。

だが、祖国の神の代弁者は簡単に二枚の舌を使っていた。政治的に貢献するわけでもないのに、人心を惑わし、聖典……いえ、経典の内容はいつ、どのタイミングで変わったのかすらよく分からない。時代によって、矛盾している。神の教えとは、伝える人間の都合によってよく捻じ曲げられる。

昔から国教の経典が更新される度に、人に都合よく解釈され捻じ曲げられる内容に嫌になったものだ。

そんな私が、シンフェ国の宗教……かの国の言葉で『四神教』と呼ばれるものは、素直に受け入れていた。

不思議な祝詞をイーリャンが唱えていたのを思い出すような内容で、なんだか、私たちが今暮らしている文明レベルより、ずっと先をいく内容がそこには書かれている。

最初は私の理解が足らなくて童話のようだなと思ったが、そこには納得のいく解説があり、全てを読むと見方が変わっていた。

まず、『天体』というものの理解度と解像度が私が考えていたよりずっと高い。

これには学術書にもなりえる説が書かれていると思った。が、これは聖典の写しだ。信じない人にとっては、眉唾物と呼ばれる話なのだろう。

簡単にまとめると、重力というものがあり、引力と斥力というものがあり、天体はそれらによって一定の距離にあるこの大地と似たような『星』というものを全体的に捉えたものらしい。あの夜空で光っている星は、私たちの目に届くのに幾星霜の時を経た姿だという。

四神教の教えでは、天体は常に動いていて、その動きの配列によって『良き日』『悪しき日』があったり、その天体の動きは常に観測されていて、それを神のお告げとしているらしい。

さらには、神殿にはその天体の模型があるという。常に一定の距離を保ちながら動き続ける模型。それを『聖遺物《オーパーツ》』と呼ぶらしい。

今の技術では再現不可能なものなのだとか。

その天体の動きにこの大陸の位置関係、昔からあった遺跡、貴石の採掘箇所、採掘量、採掘できる種類を重ね合わせ、各地の伝承をまとめたところ、中心に『祈る人』がいて、東西南北の四方にそれぞれ、『青龍』『玄武』『白虎』『朱雀』という神がいるのだそう。

祈る人の位置をこの私たちがいる星として、青龍は龍という一文字で木星という星を意味しているらしい。

木星は太陽と相性が非常に良いらしく、疑似太陽とも呼ばれるそうで……ドラグネイト王国の宗教については知らないが、たしか大地を創ったとする太陽の神を崇めていると言っていた。

青龍の神社の司祭だということで、ランディ様は四神教の中でも青龍の司祭であるイーリャンに大事な『貴石』を預けることにしたのだろう。

これは、天体もそうだけれど、相性が反発しあうものもあるらしい。イーリャンが青龍の司祭たる資格がなければ、ランディ様は石に触れさせはしなかったかもしれない。

この『天体』を基にした『四神』の関係を、ガーシュに一度見せてもらったこの大陸の詳細な地図と頭の中で重ね合わせると、確かに地上にはかつてその天体の力を模した遺跡や、それを当てはめたくなる貴石の採掘場があったりする。

「すごいわ……」

「……私は、貴女のほうがすごいと思いますが」

「ここに書いてある祝詞は、つまり……司祭になる際に受ける『洗礼』によって、『聖遺物《オーパーツ》』の一つである『聖なる欠片』というのを額に埋め込むのね？　それによって、無機物……特に力のある貴石や、そういった力の集まる場所、自然物の言語が理解できる……いえ、理解できるというか、なんでしょう、何かこう適切な言葉が出てこないわ」

イーリャンは今日ももうすぐ日が沈みそうな窓を背に、行っていた仕事の手を止めて溜息を吐いた。

「その理解に辿り着くのに、司祭候補は5年は修行するのですが……」

「私は司祭候補ではないもの。四神教を否定もしないけれど、入信するつもりもない。ただ、そこにそうあることに納得できて、素直にすごいと思ったのよ。だってとても納得できることばかりだもの」

イーリャンの眉間に皺が刻まれる。彼は私に対して理解は求めず許容だけを求めた。私も、理解も許容もできても、だからと言って盲目的にこの宗教を、神を信じます、と言うつもりはない。ただ、納得できただけ。つまり、私は許容できただけだ。否定や疑問を口にせずに済んだのは、聖典の内容が私の思考する言語と似た言葉で書いてあったからにすぎない。

額によく分からないものを埋め込むのなんてごめんだし、祝詞はそう、何というか……私の想像する神への語り掛けではなくて、もっと違う何かへの語り掛けのようで……そういった奇跡、相性、天体の位置と生まれた日から割り出される『人間の属性』だとか、その辺をまるきり私に当てはめようという気になれない。

四神教の人たちはつまり、このすべての事象を丸ごと神の奇跡という扱いにしていて、その理論付けが聖典の内容であり、司祭は奇跡の一端として何か不思議なものを身体の中に入れることで、人間の言葉を発さないものと意思疎通ができる……ということらしい。それが、きっと、四神教の神の言葉なのだろう。

というこﾞとをイーリャンにまくしたてるように話すと、彼はじっと黙ったまま聞いていて、なぜか諦めたような溜息を吐いて「そういうことです……」と、苦々しく告げた。

「……ねぇ、なんでそんなに嫌そうなの？　私のことを嫌っているのは分かるけれど……」

「……王太子妃殿下個人に対して、悪感情を持っているわけではありません。ですが……」

イーリャンはどう言ったものか、と少し考えるような顔になった。どう説明したらいいのか迷っている顔であり、説明した結果私がそれを受け止めなかった場合、イーリャンの意思ではなく心が私を拒絶するのを、少し恐れているような感じだ。

頭では仲良くしたいけれど、自分の心根にあるものを否定されれば、思考より感情が勝る。仕事以上の付き合いはこれ以上できなくなるだろうし、それはイーリャンにとっても悲しいことなのかもしれない。

フェイトナム帝国の腐った宗教を見てきた私にとって、イーリャンの見せたシンフェ国の四神教は全く違ったものだ。この宗教は、聖職者を金ぴかに飾り付けて豚のように肥やすような寄進は受け付けず、あくまで修行をして司祭を目指し自然物との会話ができるようになり、それによって司祭以外の信者が生きやすくなるようになるための一連の行いだ。何なら、バラトニアでいう騎士のような役目すら担っている。司祭候補や司祭は武道を修行とし、戦えることが一つの資格の証でもあるようだった。

四神教を頭から否定してしまったら、埋められない溝ができる。

私は信者ではないのだから、今から言われる言葉を否定する権利はもちろんあるけれど、それにはイーリャンからの信頼というものを天秤にかけなければいけない。

イーリャンが迷いに迷った挙句、まっすぐ彼を見詰める私に視線を向けるまで、長いようで短い間があった。

「……私は、許容だけを求めます。貴女を入信させようという気はありません。ただ……、フェイトナム帝国がシンフェ国を下したときの皇帝の言葉が、幼かった私の耳の裏にこびりついて離れない、のです」

そして、それを発した皇帝の娘である私が、イーリャンが心酔するバルク卿によくされていて、気に入らなかった、ということなのだろうか。

ただ、宝石の買い付けに出た私と今日までのやり取りの中で、イーリャンの私への苦手意識はだいぶ解消されたようだった。

「一体……お父様は何を言ったのかしら」

「貴殿らの神を否定はしない。認めもしない。些事にすぎない。ただ、わが国のために仕えれば心はどこにおいても構わない、と」

尊重もしないし勝手に信じていればいいけれど、それはそれとしてフェイトナム帝国のために働け、と言われたという。

フェイトナム帝国の杓子定規ではかったような徹底した実利主義において、シンフェ国は自然との対話で生き方を変動させる人たちの国だ。

相当面白くなかったに違いない。支配されるのに、一切の忖度もしなければ尊重もせず、支配者の関せぬところは好きにしていればいい、という力による制圧。

否定はされていないにしても、そんなことを言う親の娘に対して、いい感情なんてあるわけもなく……まして、尊敬する上司が機嫌よくその女（私のことだ）と仕事をし、今となっては私と仕事をして宗教についてまで話せとせがまれている。

確かにこれは、イーリャンにとって気分がいいものではないだろう。むしろ、よくバルク卿の命令とはいえ交渉役についてきて、私に経典の写しを見せてくれたものだ。

「ごめんなさい、イーリャン。違うの、私は、王太子妃だから融通してほしかったわけじゃない。これは命令じゃなくて、私が興味を持ったから知りたかったのよ。私もね……、お父様も、フェイトナム帝国も……苦手なの」

殺されかけたしね、とはとても言えないけれど、私の顔は寂しさを湛えて笑っていた。

思い出すのは結婚式の前夜のこと。ガーシュによって救われたものの、あの時の寂寥感が胸に棘を刺していく。

イーリャンは言葉を一瞬詰まらせてから、少し考えて、口を開いた。

「分かりました。……とはいえ、これから言うのは独り言です。決して、返事をしないでください」

分かったわ、と言ってもいいのかしら、と思っている間にイーリャンは告げる。

「貴女の新婚旅行は、波乱が付きまとう。奇しくも、それはまた別の信仰に基づいた何かによる。祖国と根を同じにする、違う枝葉が、貴女を求めるだろう。……嫌な話でしょうが、心に留めておいてくだされば……これ以上、私の宗教についてお話しすることはございません」

どうか、とイーリャンは祖国のものを模した服で、袖と袖を合わせて最上級の礼をした。

私はその独り言も一言一句たがえず記憶し、扉の前で深く礼をしてから、イーリャンの元を去った。

彼なりの精一杯の譲歩、優しさ、私個人を見てくれた結果だ。受け入れて、立ち去るしかない。

それにしても、何と不吉なことだろうか。占いの一種のようだけれど、もし対話できるのが自然物……物体だけじゃなく、時間や空間にも関係するのなら、そういうこともあるのかもしれない。

そう、確か、四神教の聖典の中でそれは『予知』と呼ばれていた。

私にできるのは予測だけだ。これからアグリア様と出かける新婚旅行先について、もう少し深く調べる必要があった。

◇◇◇

「クレア、お土産の品が届いたよ。見るかい？」

「はい！」

四神教についてイーリャンから聞いて2週間、宝石を買って帰ってから16日目になる。

結婚式の返礼品……懐中時計をお願いしたルーファスに、私とアグリア様はシナプス国での買い付けを頼んでいた。イーリャンもシナプス国について行くために、私の前で仕事を片付けていたのだ。

予めそうしようと決めていたことだったので、ルーファスの方も王宮で待機し、陛下や王妃様にお披露目した後、イーリャンと共にルーファスはシナプス国へと飛んでいった。

ルーファスはシナプス国の職人との大きな伝手がある。懐中時計を作るだけの伝手だ、私たち自身が選びに行くよりも、確実に良い買い物をしてきてくれるという信頼から任せたのだが、事前に話をつけておいたからか、商人の方もシナプス国に先んじて『秘蔵の品を』と頼んでいたようだ。

スムーズに事が進み、私とアグリア様は応接間へと向った。

「ルーファス、久しぶりだな」

「ご無沙汰しております、王太子殿下、王太子妃殿下」

「今回は難しい仕事だったのに、手際よく進めてくれてありがとう。――どんな物を買ってきたのか、教えてもらえるかしら？」

ルーファス、と呼ばれた商人は細身の身体に糸のような細い目、硬質な金髪を後ろに香油で撫でつけた洒落者だ。服装にも品があり、王侯貴族を相手にする商人の中でも最も忙しく、最も信頼できる相手でもある。

懐中時計は定期的に細かなメンテナンスが必要で、今や王族に始まり国中の貴族が手にしている物だ。常に職人と共に飛び回っているはずだが、今回ばかりは時間を作ってくれたらしい。

その細い目で柔らかく微笑んだルーファスは、私たちが向いに座るとソファに座り直し、大きな鞄を艶のある木のテーブルにそっと載せた。中には緩衝材として大量の綿が詰まっているらしく、型紙で2つの箱を納める特注の鞄だという。宝石を運ぶときにも使ったらしいが、中の型紙を変えて工芸品の持ち運びにも使ったらしい。

「こちらが、シナプス国の古い工房に掛け合い、手にいれてきた最上級の工芸品です。実用品でもありますが、……どの国の王族の方でも、これを実用品にされる方は少ないでしょう」

鍵のかかった鞄を開くと、2つの黒い箱が、綿の上に縫い付けられた青い天鵞絨の中に収まっていた。

宝石よりは随分と大きな箱だ。一体何が入っているのだろう、と思いながらルーファスが箱の蓋を開けるのを身を乗り出して待っていると、アグリア様が隣でおかしそうに笑う気配がしたが、興味津々になってしまうのは仕方がない。

フェイトナム帝国にも回ってこなかった、秘蔵中の秘蔵の品。一体何が入っているのか、誕生日のプレゼントを前にした子供のような気持ちになってしまう。

「まずはこちら、シナプス国で100年以上前に造られた、ジュエリーケースです。金属と宝石によって造られており、長い年月を経ても劣化せず、特殊な塗料によって色あせることもありません。——お手を触れる際には手袋をどうぞ」

そう言って蓋を開けた片方には、まるで金属の糸で編んだレースのような繊細な模様に、ふんだんに色とりどりの宝石をちりばめた、卵の形をしたジュエリーケースが入っていた。

「シナプス国のブリッランテエッグ……！　凄いわ、こんなに素晴らしい装飾のものは図録でも実物でも見たことがない……！」

「ご存じでしたか……」

少しがっかりしたようなルーファスの声に、アグリア様はいよいよ肩を揺らして笑っている。

「ねぇクレア、ブリッランテエッグとは何だい？」

笑いを含んだ声で私に尋ねられたので、ルーファスはいいのかしら、と思いつつ身を乗り出した私はソファに座り直し、隣のアグリア様に説明した。

「起源は、シナプス国の職人が修行のために行っていた卵を使った細工ものなんです。竹串で小さな穴を開けて、中身を取り出し、水で洗浄した後に卵の殻に模様を刻んでいくのですが……卵の殻ですから、とても力加減が難しいらしく、上手く出来た物には硬質になる塗料を塗って見習いの練習の作だからと安価で市場に出されます。下に大き目の穴を開けて、中に油皿を入れてちょっとしたランプ等にしたり。それは今も変わらず露店に並んでいると聞いていますが、だんだんと本職の職人が卵の均一な形に装飾を施した美しさに魅入られて、卵型の宝飾品としてジュエリーケースやランプシェードを作り始めました。１００年以上前の物ということですから、ブリッランテエッグの工芸品としての歴史は古いので比較的近年の物ではあるんですけれど……これほど凝った台座に、ケース本体となると、本当にあの宝石1つに値する値段がするでしょうね

……素晴らしいわ、ルーファス。本当にありがとう」

「……私の言葉を悉く持っていかれたことはともかく、お褒めにあずかり光栄です」

あきらめたように苦笑したルーファスが軽く会釈する。商人の仕事を奪ってしまったのは申し訳ないが、しかし、何度見ても本当に素晴らしい品だった。

手渡された手袋で慎重に持ち上げる。台座は銀で出来た蝶の羽根を持つ妖精が踊っている姿で、羽根の部分に薄く伸ばされたエナメルが、アゲハ蝶のように色とりどりに煌いている。

踊る妖精から起こる風を模した金属細工で、ブリッランテエッグ本体を支えている。しっかり溶接されているようだが、あまりに自然に、そして細やかな妖精の姿で、置いたら折れるんじゃ

ないかと怖くなるが、ルーファスが、どうぞ、と手を差し出したのでテーブルの上に置いてみた。ちゃんと自立してびくともしない。妖精の足元から広がる風を模した金属の輪が、上手くバランスを取っているようだった。

宝石のちりばめられた金属のレース編みの本体の真ん中には、開くように少し太めの部分があり、中心にこれまた綺麗な瑠璃が嵌め込まれている。その瑠璃を押して軽く上に持ち上げると、蓋が開く仕組みだ。

中はまさにジュエリーケースで、複数の指輪、イヤリングを仕舞っておけるように柔らかな天鵞絨が敷かれており、嵌め込むための隙間が造ってある。

そして、蓋の裏には開いた時に丁度良く顔が映るように天鵞絨に埋まるように鏡が嵌っていた。中に仕舞うジュエリーを傷つけないために、中には金属の装飾は為されていない。

実用品でありながら、普段使いにするには恐ろしい品だ。高級品にはそれなりに慣れているつもりの私でも、このブリッランテエッグに触れるのは怖い。

「素晴らしい品だ。これはきっと喜ばれるだろう。ただ飾っておくだけでも、ぐっと部屋の品格があがるような宝飾品だ。ジュエリーケースとしても使える実用品だというのも、こまやかな心遣いが感じられる」

横で見ていたアグリア様が褒めちぎるが、私は知識はあってもこうして褒める言葉というのは中々でてこない。

ただ、余程目を輝かせていたのか、ルーファスもアグリア様も満足そうだった。

私はそっとブリッランテエッグの蓋を閉じると、そっと箱の中に戻した。これを持って移動するのは、とても緊張しそうだ。

「お気に召していただいて何よりです。では、もう1品ご紹介しましょう」

ルーファスはしっかりと箱の蓋を閉じると、もう1つの箱の蓋に手を掛けた。

「一体、こちらには何が入っているのかしら……！」

「落ち着いて、クレア。とはいえ、私も楽しみだな。開けてくれるかな、ルーファス」

私がどんどん身を乗り出すので、アグリア様に肩をそっと押されてソファにぽすん、と座り直すことになった。

そんな私たちの様子を微笑ましそうに眺めたルーファスは、はい、と告げるともう片方の箱を開けた。

「まぁ……まさか、えぇ？　現存したの……？」

「はい。シナプス国の最も古い工房に、なんとか伝手で話をつけまして。ドラグネイト王国の虎の子の宝石との交換ですから、応じてくれました」

箱の中に収まっていたのは、先程の華やかな宝飾品とは違う、下から上に向って薄桃色から完全な透明になる、綺麗なグラスが2つ1組で入っている。蒸留酒を飲む時に使うロックグラスだ。

余計な装飾は何も要らない。これは素材、加工、全てが失われた技術と素材と言われているものだ。

「……今度は、ルーファスに尋ねた方がよさそうだな。このグラスは？」

「ピンクダイヤモンドとダイヤモンドの混合石を加工した、ダイヤモンドのロックグラスです。

――この原石は幻の原石とされておりまして、それこそフェイトナム帝国の図録には載っているでしょうが、いつの間にか行方不明とされておりました。それが、秘かにシナプス国に渡り、このようにロックグラスに加工され、秘蔵のものとなっておりました。このロックグラス２つは『同じ原石』から切り出されています……つまり、このグラス２つよりも巨大な、希少なピンクダイヤモンドとダイヤモンドがこのように綺麗に混在した原石が、遠い昔に採掘されていたのです」

私はルーファスの言葉を聞きながら、ずっとロックグラスに見入っていた。

私の両手に載せても余る程大きな巨大なダイヤモンドを、透明度が高いグラスに加工してある。それも2つだ。

つまり、おもいっきり削り出して、中もくりぬいてある。もしかしたらドラグネイト王国の人間に知られたら発狂されるからかもしれないが、これ以上にこの原石を活かす加工はなかったのだろう。大きさにしても、混ざり具合の美しさにしても。

丁寧に磨かれているのだが、ダイヤモンドを加工するのはとても難しい。

まして、ピンクダイヤモンドと呼ばれるダイヤモンドは滅多に出土しない。それが、ダイヤモンドと綺麗なグラデーションとなって混在している存在として、幻の宝石として図録に載せられていた。出土の記録を思い出せば、確か軽く５００年は前だ。

シナプス国はずっと昔から高い技術で国として成り立っていたが、この美しいグラスに加工する技術をそんなに昔から有していたとしたのなら……国交の強化を考えた方がいいかもしれない。

しかし、シナプス国に対してバラトニア王国が提示できるものは何だろう。

頭の中が新婚旅行から政治方面に切り替わってしまった私は、グラスを眺めながらルーファスと会話するアグリア様の隣で我に返った。

いけない、これはお土産の品なのだから、持って行った先でちゃんとどういった物か説明できないと。

一通りはルーファスから説明を受けたアグリア様が、口元に手を当てて何かを考えていた。

「しかし……たしか、『永遠の初夏』という石は別だけれど、『春』は同じピンクダイヤモンドだったろう？　『春』の対価にしてはこの宝石を使ったロックグラスは見合ってない気がするが……」

「いえ、あの『春』は今となってはほぼ出土されないピンクダイヤモンドの巨大な原石です。このグラスの再現は無理ですが、工芸品……いえ、もうこれは美術品ですが、そういった品は鑑賞する人、使う人がいてこそなのです。眠らせておくために造った訳ではございません。そして、長い間眠っていた工芸品を他国の王族の手に渡らせる時、現在手に入る最高の素材との交換……

シナプス国の最も古い工房も、それを嫌がる道理がございません」

今となっては『春』ほどの巨大なピンクダイヤモンドはまず出土されない。採掘をすればそれだけ貴石は減る。長い時間をかけてまた形成されるものではあるけれど、人間の時間と比べれば、本当に長い時間をかけてようやくできあがる。

今手に入る最高の素材を前に、職人が工房で眠っていた最高の芸術品を差し出すのも、また当然とも言えた。

連綿と受け継がれてきた技術を活かす数少ないチャンス。本来なら眠らせておくべきではない工芸品だが、これの対価となる物はお金ではないのだろう。

シナプス国とのもっと密な交流……頭の中はまた政治の方に考えが回り始めたが、今は意識してそれを横に追いやる。

「ありがとうルーファス。最高のお土産だわ。大事に持っていくわね」

「いいえ、こうしてお2人のお役に立てて何よりです。この後は、陛下と王妃様の懐中時計の調整をするためにお時間をいただいております」

「まぁ、ちゃっかりしているわね。でもちょうどいいわ、せっかくだから王都を回って調整していってちょうだい。……懐中時計、早く売り出されるのを楽しみにしているわね」

「は。ありがとうございます」

こうして立ち上がった私たち3人は、ルーファスとアグリア様が固い握手を交わして別れた。

お土産も揃ったし、どこの国に行くかももう決まっている。護衛の選出はバルク卿がしてくれているし、荷造りは侍女たちが進めてくれている。

3日後には、バラトニア王国より北の2国……ポレイニア王国とウェグレイン王国への新婚旅行に向うことになる。

楽しみでもあるし、……イーリャンの言葉に少しだけ不安もあるけれど、ルーファスが出て行ったあとにアグリア様を見上げれば、何の心配もないよ、と微笑まれて。

私はこの笑顔に、いつも大きな安心を貰っている。アグリア様と一緒なら大丈夫だと。

信じられる、きっといい旅になると。

それはそれとして、私は自分を守るためにも、各国の宗教についてやはり彼に話を聞かなければいけない、と強く思った。

◇◇◇

バラトニア王国には書籍がない。今は少しずつ入ってきているけれど、知識の断絶は免れなかった。そうなると、ガーシュと……ネイジアと国交ができたのはそれこそ何かの思し召しのような気さえしてくる。

私はその思し召しを存分に使う気で、人をやってガーシュを仕事終わりに呼び出した。

「で、俺が呼ばれるんだなぁ」

　予想通りだったのか、笑いながらいつもの木の枝に寛いで座るガーシュが言うが、私の表情は真剣そのものだった。イーリャンの言葉もある。宗教というものについて自分が浅薄な知識しかないこともよく理解した。そして、他国での私を見る目というものも、ドラグネイト王国でよく身に染みた。

　自衛のために知識をつけるのは、私にできる最大の防御だ。

「影のネイジアはあらゆる国に潜入していたのでしょう？　一通りの礼儀作法は交易をしていたから弁えているけれど……私が知りたいのは別のことなの」

　まだ午後の陽は燦々と輝いているが、木陰の枝は日差しを遮り、私もその恩恵にあずかっている。木の陰がいい具合に暗くなり過ぎないよう日差しを遮ってくれているのだ。

　ガーシュがネイジアの要職にあることは、ある程度城の中では知れ渡っている。国中にネイジア国との同盟のお触れも出してあるが、ガーシュはお偉いさん扱いというのを断固拒否した。お陰で未だに城の下働きをしている。ガーシュ自身も身分を笠に着ることもなく、さらには、口が上手いといえばいいのか、さすが影のネイジアというべきか、あっという間に職場の仲間とも元通りの関係を取り戻している。

　変わったのは、私からの呼び出しがあっても不審がられない程度だろうか。一体どんな風に口を回せばそんな状況に持っていけるのか、私には不思議で仕方がない。が、今はそれを考える時ではない。

「で、何が知りたいので？」

「新婚旅行で行くのは、バラトニアの北にあるポレイニア王国とウェグレイン王国というのは話したわね。――その2国の宗教について」

私が少し声を潜めて告げると、ガーシュは何か思い当たったのか、それとも予測済みだったけれど聞かれたくなかったのか、目元を片手で覆った。

「……だから俺たちがこっそり護衛について行くんだけどな」

「やっぱり、何かあるのね？」

私の問いかけには、答えなきゃダメですかね？　というような困った笑いが返って来た。

至極真顔でじっとその目を見詰める私と、なんとかその話題を避けたいガーシュの睨めっこは、私の勝ちで終わった。

「はぁ……バラトニア王国には宗教はありません。フェイトナム帝国の宗教……リーナ教。唯一神リーナという女神によって全てが創生され、リーナは海に還り、今もこの世界の全てを支えている。これがリーナ教の概要で合ってますね？」

「ええ、そうよ。分厚い経典は何度も改変されているけれど、その根本のところは変わらない」

「ポレイニア王国はいいんです、あそこはどちらかと言えばドラグネイト王国に近い、太陽神を祀っている別の宗教だ。問題はウェグレイン王国。リーナ教を国教にしています」

それの何が問題なのか、と私は不思議に思って首を傾げた。それならば、祖国でよく知った宗教でもある。

「このバラトニアという大きな国を挟んでいるせいで……まぁ、属国だった長い間、書物の持ち込みが禁止されていたので……ウェグレイン王国では、フェイトナム帝国からリーナ教が入って来た時から経典が変わっていません。バラトニア王国は数代前に1回属国に下ってるのもあって、総本山であるフェイトナム帝国からウェグレイン王国に改訂された経典が入らなかったんですよ。で、今となってはリーナ教フェイトナム派と、リーナ教ウェグレイン派に分かれているわけです」

ここまで聞いても私は一体何が問題なのかが分からない。不審そうに眉を顰める私に、ガーシュは至極嫌そうに頭をかいて不愉快そうな顔をした。

「まぁ、宗教の自由ってのはもちろんありますけどね。最初期のリーナ教には……生贄の儀式があったんですよ。で、もちろん宗教と王室って言うのは密接に絡んでますからね。リーナ教がフェイトナム帝国からウェグレイン王国に渡った時のも、フェイトナム帝国からの輿入れと共にでした。もうずっと昔のことなんですけど、その辺は資料で知ってらっしゃるでしょう？」

「え、ええ……たしかに、一度フェイトナム帝国からウェグレイン王国に皇女が嫁いでいるわ」

「リーナ教は一神教、女神を祀っている。女神の血を引く人間を……その、ものすごく言いたくないんですがね」

「なに？　はっきり言ってちょうだい」

私が少し苛立って窓枠に手をつくと、ガーシュは枝にだらしなく座っていた姿を起こして、まっすぐに私に向き合った。

「『我らが神を信じています、その証拠に神の血をお返しします』って、フェイトナム帝国ではとっくにすたれた胸糞悪い儀式を、未だに続けているんですよ」

ガーシュの言葉の意味を理解するのに、私は長い時間を要した。時間にすれば1分にも満たないだろうけれど、一瞬何を言われたのか理解できず、言葉が頭に染み込んだ時には血の気が引くのが分かった。

「……待って。それは……王室の子供を殺して捧げているの？」

「そういうことです。といっても、私生児ですよ。フェイトナム帝国の血が一滴くらい流れている国王の私生児を、毎年生贄として儀式で捧げている訳です」

「なんてこと……」

「ウェグレイン王国自体は平和でいい国ですよ。それを知っていてやってるのは、ウェグレイン派の教皇と王室、一部の高位貴族です。なんなら、国王の私生児を産むのはその高位貴族の奥方だったりしますしね。神に捧げる子を産めて嬉しいです、って具合に」

立ち上がって話を聞いていた私は、とても立っていられずにふらふらと後ろに下がると、ぽす、と大きな革製の椅子に座った。

見開いたままの瞳は床を見詰めたまま動けないでいる。

アグリア様は知らないだろうし、知っていたら絶対に新婚旅行先に選びはしなかったはずだ。しかし、もう新婚旅行に伺ってもいいか、という親書は送ってあり、歓迎するという返事も貰っている。既に引き返せないところまできているのだ。

ガーシュも教える気はないようだった。各国の宗教は……尊重されるべきだ。それが、いくら、相容れない価値観の上にあったとしても。

フェイトナム帝国はそこを徹底した。自国のために働くのならば、宗教には一切関わらなかった。ただ、関わらないこと、関心のないこと、それは尊重することではない。

無関心であること、それを、労働と両立させる。つまり、労働を優先しなければいけない。宗教上の儀式で1ヶ月の断食（といっても、日が落ちた後に少量の食事を摂る）をする国であろうと、日中に過酷な労働を命じればそれで命を落とすこともある。

教義を破るか、教義に殉じるかは好きにしていい。無関心な人が宗教を認めつつ治めるというのは、つまりは、教義を守るか破るかの自由を与えるだけのことなのだ。

イーリャンがフェイトナム帝国皇室の血を憎むのも無理もない。

私にとっては宗教は知るものであっても、殉じるものでもなければ、今後何かの宗教に入信する気もない。

『貴殿らの神を否定はしない。認めもしない。些事にすぎない。ただ、わが国のために仕えれば心はどこにおいても構わない』……今思えば、イーリャンがこれを聞いた時の絶望はどれ程のものだったろう。

　否定はしない、認めもしない、些事にすぎない。フェイトナム帝国の命じることを第一にし、宗教にまつわることは後回しにするか、フェイトナム帝国を裏切って宗教に殉じるのか、神を裏切ってフェイトナム帝国に頭を垂れるのか。

　ウェグレイン派の生贄の儀式を私の理性は文化の一つとして否定をしたくないと考える。しかし、感情は……同時に、吐き気を催すほど気持ちが悪い。嫌悪すらしている。

　胸の内で私がどう思おうと、ウェグレイン王国で何をしているのかを、こちらに向けてくるだろう笑顔の下に見てしまったとしても、私はそれを口に出さず、態度にも出さず、やり過ごさなければいけない。

「知らない方がよかったでしょう？　で、まぁ、何で俺らが護衛につくかと言えば……」

「……ねぇ、もしかして、ウェグレイン王国はより『濃い』リーナ神の血を求めている、とか……？」

「まぁ、そういうことです。表向きは歓待されますよ、確実にね。ただ、24時間俺らが見てるんでそんなに馬鹿な真似はしないと思いますしさせないつもりですけれど……ウェグレイン王国では、……こんなこと言いたくなかったんですがね。ご自身も、どうか気を付けて」

　これをアグリア様に言う気はない。こんな秘密は、共有しない方がいいに決まっている。

どれだけアグリア様が腹芸が得意だとしても、宗教に口を出す真似をさせるわけにはいかない。下手をしたら戦争になる。

「お勧めは、ポレイニア王国に先に行って、ウェグレイン王国の滞在期間を短くすることです。幸いどちらの国もバラトニア王国と隣接している。ポレイニア王国に行ったあと、バラトニア王国を通ってウェグレイン王国に向い、王都に戻ってくる。たしか旅程もそうなっていましたよね。俺らの方でバラトニア王国の道中で適当に馬車に仕掛けをしますから、滞在時間を短くする予定ではあったんですよ」

護衛対象に黙って何を企んでいるのよ、とはとても言えない。

「……ありがとう、ガーシュ。できるだけ……ウェグレイン王国の滞在時間を短くしてちょうだい。アグリア様には、言わないで」

「もとより、クレア様にも言わないつもりでしたけどね。新婚旅行に水を差すのもなんですし。ま、背中は俺ら影のネイジアが守るんで、今日の話は忘れて、ぱぁっと楽しんできてください」

わざと茶化したようなガーシュの言葉に少しだけ笑うけれど、私はまだ椅子から立ち上がれなかった。

ガーシュはこれ以上ここにいても駄目だろう、と木を降りていった。

いつの間にか赤く染まった夕陽が部屋の中に差し込んでいる。

私は気持ちを落ち着けるために、テーブルのベルを鳴らしてミルクティーとお菓子を少しだけお願いした。

◇◇◇

ガーシュの話を聞いてから、1人になると胸騒ぎがして仕方なく、溜息の数が増えた。

これでも元は皇女である。淑女教育の敗北、ではあれど、皇室の人間として隠し事をするのは当たり前にできる。

アグリア様にはバレていないし、メリッサやグェンナにも何も悟られていない。

（……下手をしたら、今度は、本当に生贄……）

アグリア様の前でも、バルク卿の前でも、メリッサやグェンナの前でも、少しも顔にも態度にも出さなかった自信はある。

なのに、バレたのだ。

「王太子妃殿下、少々お時間をいただいても？」

「イーリヤン？　ええ、かまわないわよ」

バルク卿の執務室から出た所で声を掛けられ、抱えていた書類をイーリヤンに取り上げられると、すぐ隣のイーリヤンの執務室に入った。

バルク卿とは、暫く王宮を空けるので、頼んでいた仕事の引き取りと私がいない間に頼む仕事の話をしていたのだ。今日はようやくそれが終わり、明日出発という時だった。

人払いがされているので、秘密の話にはちょうどいい。仕事の部分にいる間、私は別段男性と2人きりになっても誰からも何も言われない。それが業務だからだ。

「私も護衛の1人に加えてください」

「……イーリャン」

「バルク卿にはお願いしてあります。王太子妃殿下が許可を出せば構わない、とのことでした。実際に、城を空ける支度はもう済んでいます」

「待って。どうしてそうなるの？　イーリャン、あなたが護衛につく意味は？」

言わなければだめか、とばかりに額に手をついて溜息を吐いたイーリャンは、私に真剣な目を向けてきた。

「貴女が何も知らなければ……、それでよかったのです。ですが、知りましたね？　忠告で済んだことが、貴女が知ったことによって、現実味を帯びた。この国には馴染がないでしょうが『言霊』を重んじる四神教では、いけません。貴女を見殺しにする程、私は貴女個人を嫌っていない」

ここまできて言い訳する程、私はイーリャンを甘く見てはいない。イーリャンが敢えて濁した言葉で私は実態を探ってしまい、知ってしまった。

彼の言った通り、独り言として片付ければよかったのに、私は身を守るつもりが、その悪い予

初回版限定
封入
購入者特典

特別書き下ろし。

イーリャンの事情

※『生贄第二皇女の困惑②敵国に人質として嫁いだら不思議と大歓迎されています』をお読みになったあとにご覧ください。

EARTH STAR NOVEL

シンフェ国を遠く離れ、バラトニア王国に来たのには事情がある。

この事情を敬愛するバルク卿の他に公言するつもりは、今後ない。……あるとすれば、クレア王太子妃殿下に話す可能性がある、くらいだろうか。

シンフェ国の国教である四神教、その青龍の司祭として神社にて修行をしていた。

私が幼い頃現フェイトナム皇帝が攻め入って来た時に、我らの国力ではとてもじゃないが侵攻を食い止められず、属国に下った。

それ自体は仕方がない。その時、フェイトナム皇帝が放った言葉の冷たさと無関心さには……宗教という生き方を選んで生きていた私には、酷く、侮辱された気分だったたが。

四神教は、客観的に見て他の国の宗教とは一線を画していると思う。

経典は学問書のようだし、その裏付けとして実際の大陸の地図や天候記録と合わせても、内容はまるで未来を予言するもの……ないしは、予言する力を得るものに近い。

また、四神教の司祭となるには戦えなければならない。

国民を守るのが司祭の役目であり、だからこそ四神教は広く信奉されている。肉体の鍛錬は精神の鍛練でもあるし、司祭になる際の儀式で額に聖遺物《オーパーツ》を埋め込む必要があるため、成熟した肉体を持つ必要がある。

聖遺物には種類があり、『祈る人』が集まる司祭見習いの神社にも、東西南北にある四神それぞれの総本山にも、今の技術では造ることが不可能な天体模型がある。

それによって星の動きを読み、配列からある程度の手がかりを得て、司祭は声なきものに語り掛けて声を聞く。

だから、侵攻を受けることは分かっていた。勝率が5分も無いことも。それでも、司祭は戦うのが義務だ。

敵の戦力に対して、こちらは戦える人数が10分の1であったが、聖遺物の力で奇襲を重ね善戦した、と聞いている。

本来、そこまで弱い国家ではない。声なきものの声を聞くことができるという超自然的現象は、戦をいくらでも有利に進めることができる。

だが、圧倒的な戦力と戦士の練度。そこにいくら神の思し召しがあろうとも、フェイトナム帝国の有する力の前で、シンフェ国は……四神教は、無力だった。

しかし、信教の自由は認められていたので、私は日々の労役の合間に修行を続けた。

そしてある日、夢を見た。何年前の事だったかは忘れたが、あれは確かに聖遺物が見せた夢だったと思う。

全身が白い女性だった。髪も、瞳も、どこまでも白に近く、すぐにでも何かに染まってしまいそうなのに、それでいて瞳の強さは何もかもを寄せ付けない雰囲気の女性。……後の、クレア王太子妃殿下だと分かったたが。

彼女が黒い手に飲み込まれそうになっていた。助けるためには、バラトニア王国に向かわなければならない、と何かの……聖遺物の声が聞こえた。

四神教の便利なところは、書物という形ではなく、各神社の聖遺物に知識が蓄えられていることである。

私の額に埋め込まれた聖遺物もそうだ。知識を貯め込む性質を持っている。

夢を見た次の日から、私は聖遺物に祈る時間を増やした。時に労役で倒れそうに疲れていても、欠かさず祈り、声を聞き、バラトニアに赴く為に必要な言語と知識を学んだ。

私は聖遺物との相性が良かった。あらゆる言語、歴史、聖遺物が知る知識を、己の聖遺物の中に貯め込みいつでも引き出せるようになった。

シンフェ国を出られたのは、バラトニアという同じ属国という立場への移住を望んだためだ。バラトニア王国語もフェイトナム帝国語も使えて、シンフェで肉体労働に準ずるより、自分はバラトニアの文官として働きたいとフェイトナム帝国の官吏に申し出た所、すぐに許可がでた。

属国間の移動は禁止されていなかったし、知識の持ち込みは禁じられていたが、そもそも私は持ち込む知識を持っていない。頭の中の知識まではフェイトナム帝国の誰にも奪うことはできない。

逸る気持ちと共に、シンフェ国からフェイトナム帝国への物品の運び出しの馬車に乗り込み、バラトニアまでは歩いて旅をし、王宮にて文官の試験を受けた。

その際の面接官が、バルク卿だ。

何にも興味が無さそうで、そのくせ何よりも国の事を考えている。

私の移住の理由を聞かれたとき、嘘は言ってはいけないと、その目を見て分かった。

正直に話すと、彼は少しばかり考えた後、自分のすぐ下で働くように、と言った。

その後、独立戦争が起こる。私も加担し、バラトニア王国は勝利し、独立し、そして……クレア王太子妃殿下が輿入れしてきた。

父親似の灰色の瞳に、感情の読み取れない表情。来るんじゃなかった、と後悔もした。

それでいてバルク卿を笑わせるなどという至難の業を簡単に繰り広げ、彼の関心を奪い、いつしか国を発展させるために尽力している姿。

極冬との戦争も回避し、ネイジア国とも親しくしている。

嫌いではない、とは思った。許せるか、とは違う問題だが。

直に接したのは、ドラグネイト王国への旅の時だ。以来、私はほんの少しだけ後悔している。

いつの間にか、何を差し置いても彼女の力になりたいと、思ってしまっていたから。

感でがんじがらめになっている。

「私が余計な忠告をしたせいなので、責任の一端は私にあります。貴女は、四神教を許容してくれた。無関心ではなく、知った上で信じてくれた。……貴女が歓待されること、丁重に扱われること、それらの理由を垣間見た気がします。私は、貴女を見殺しにしたくない」

「……貴方がついてくれれば、どうなるの？」

四神教の話や、イーリャン自身の考えを聞いた限り、彼が違う宗教の国へ行くのはよいことに思えない。無宗教のバラトニア王国だからイーリャンが暮らせているとも言える。

「ドラグネイト王国のボグワーツ卿の言葉を覚えていらっしゃいますか？」

「えぇ……と、神と名付けた人智を超えたものへの、信奉……のこと？」

夕陽を背に、イーリャンは机に両手をついて身を乗り出した。入口近くに立っている私とは距離があるが、逆光で表情が見えない。その迫力に気圧される。

「そうです。信じる物は違えど、そこは何も変わりません。まして、リーナ教ウェグレイン派は古くから同じ神を信奉している。私のような、不思議、に触れている人間を1人はつけておくべきです」

「それは、貴方は危ない目にあったりは……？」

「問題ありません、貴女が安全な限りは」

つまり、私が危ない目にあう時にはイーリャンも巻き込まれるということらしい。

「何も、護衛としてではなく、通訳としてねじ込んでくれればいいのです。1人くらい増えても2週間の旅程ならば問題ないでしょう?」

王都から近い2国にしたとはいえ、言葉は当然違う。私も話せるが、通訳がつくのは体面上もいいことだ。

言語やある程度の文化は理解できるにしても、いちいち私がアグリア様の通訳をするのは、確かに見た目によろしくない。アグリア様の顔を潰しかねないことだ。

「……分かったわ。アグリア様にお話ししておく。身支度は済んでるの?」

「一応は」

「……ごめんね、イーリャン。まさか……、私、知らない方がよかったことがあるなんて……」

私は、隠し通していたつもりでいても、こうして好奇心から他人を巻き込むことになるとは思っていなかったことと、安心感から涙を流してしまった。両手で顔を覆って、泣き顔を隠して俯く。

「……女性の涙というのは、私の最も嫌悪するものの1つですが——」

言われて、どうにか泣き止もうとするものの、この2日程ずっと頭の中を嫌な想像に蝕まれながら過ごしていた私は、どうしても涙が止まらなかった。

コツコツと近付いてくる足音が目の前で止まると、綺麗なハンカチが差し出される。

「貴女はよく、堪えましたね。並の女性にできることではありません。大丈夫、何も心配しなくとも、必ず守ります」

私に触れることはしない。けれど、差し出されたハンカチを黙って受け取った私は、イーリャンの前でしゃくりあげて泣いた。

死の恐怖を1人で抱え込むこと。それはこの国に嫁いできた時にも経験したはずだが、あの時は半ば投げやりで、戦争の種にならないことだけが大事だった。

私はバラトニア王国の人間になってから、随分と自分の命も時間も惜しくなったようだ。

子供のように泣く私に椅子を勧めて、イーリャンは黙って側にいてくれた。

◇◇◇

「クレア、いよいよ明日が出発なわけだけど……」

「ええ、楽しみですね、アグリア様」

私は夕方泣いてすぐ、目元を氷嚢で冷やして化粧し直し、晩餐の席からずっと笑顔を絶やさなかった。

「何が楽しみなんだい？　そんなに不安そうにしているのに、行くのをやめようか？」

ぎく、っと私の身体が強張る。何故バレたのだろう。それに、いつでも微笑みを絶やさないアグリア様が険しい顔をしている。

これ以上の誤魔化しはよくないだろう。私は諦めて眉尻を下げると、困ったように視線を落とした。

「クレア、言いにくいことでも何でもいい。いつでも笑っていられる強さを私は身に付けたから、君と結婚したんだ。私に隠し事はなしだよ、特に大事なことならばね」

「アグリア様……」

「君の前では、私は笑うだけじゃない。心配もするし、悲しむし、怒りもするだろう。でも、全部、君に笑顔で居て欲しいからだよ。……だから、抱えているものを、私にも教えてくれ」

私の頬をアグリア様の大きくて熱い手が撫でる。顔に掛かる髪をそっと指先で除け、困ってしまって眉間に寄った皺を優しく伸ばされる。

くすぐったさに目を閉じて、再び開いた時には目の前に微笑んだ顔のアグリア様がいた。

私は口が下手だ。喋るのだとしたら、全部喋ることになるだろう。この重荷をアグリア様に一緒に背負わせてしまっていいのかとまだ迷って視線をさまよわせているうちに、執務机に目がいった。

リュートを買いに行ったときのお土産がまだ引き出しに入っている。私は立ちあがって引き出しを開け、2つの小さな小箱を持ってきた。

「これは、ずっと渡しそびれていた城下町で買ったお土産です。……お揃いの、チャームの違うペンダントを買いました。私とアグリア様の瞳と似た色をしているので、お互いの色を交換するつもりで……」

「うん」

「……一緒に背負ってくれますか？　この国での夫婦というのがどういうものなのか、私はまだよく分かっていないようです」

フェイトナム帝国のお父様とお母様の関係は、事務的であり、夫婦だというのに会話は政治的な内容ばかりで、私の目から見たときには上司と部下のようでもあった。

だが、アグリア様と私はバラトニア王国で夫婦になった。お義父様とお義母様の関係は、見ていて心が和むような仲の良さだ。もちろん、互いに言わないことはあるだろうと思う。それでも、一緒にこの国を治めていこう、というような仲の良さがあった。

「もちろんだよ。私たちは夫婦だ。それに、君が決めただろう？　結婚契約書の内容」

「支え助け合うことと、信じあうこと……」

「そうだよ。だからクレアが私を信じてくれなければお話にならないし、支えようも助けようもない。そういう意味でも、私のことを信じて、助けたり支えさせたりさせてくれないかな」

子供ではないのだ。助けて欲しいときに、助けてと言わなければいけない。信じなければ、それも言えない。

私が決めたというのに、私は信じたり助けて欲しいと言っていない。アグリア様だって手の出しようがない。

「全てお話しします。私がアグリア様を誰よりも信じなければいけないのに、私ときたら」

「いいよ、思い出してくれたなら。それに、旅行のお守りにするには素敵なペンダントだ。これを見ながらゆっくり聞こうか」

並んで開いた箱に収まったペンダントは、小さな真珠とルビーが並んでいる。燭台の灯りを受けて火を反射して光る宝石を並んで見詰めながら、私はウェグレイン派のことと、リーナ教のことについて、アグリア様に全てを話した。

◇◇◇

「いってまいります、お義父様、お義母様」

「お土産も持ったたし、ちゃんと護衛もついてくるので、精々のんびりしてきます」

アグリア様と一緒にお義父様とお義母様に挨拶を済ませ、一緒についてくる侍女の中にはもちろんメリッサとグェンナもいる。そして、バルク卿肝入りの有能さをもつイーリャンも通訳としてついてくる。

護衛には近衛騎士団の中でも特に王室を守る役目を負った騎士たちがついてきてくれる。宝石を買い付けに行ったときのゴードンとジョンもいて、私は少しほっとした。

影のネイジアは、旅行に行く中では私とアグリア様、メリッサとグェンナ以外はついてきていることを知らない。

騎士の中に混ざっている者、荷物持ち担当の使用人に混ざっている者、完全に他人のふりをして後を追ってくる者、色々だそうだ。

しかし、リーナ教ウェグレイン派のことを知っているので、影のネイジアも精鋭揃いだと明け方ガーシュが報告しに来た。とりあえず、いるかどうかを気にしないで旅行を楽しんでくれ、とも。

影のネイジアのこと自体は大勢に伏せられている。その功績も称えられることはないが、仕事をした分のお金を払えばそれでいい、ということらしい。忠誠ではご飯は食べられないのだから、その予算はネイジアへの『技術料』として国家予算にも計上されている。

そして、近衛騎士に始まり騎士という者、護衛につく人間という者は、戦うことに特化し、常に自分を鍛えている。その誇りを傷つけるような真似をする気もないと言っていた。

アグリア様は昨夜の話を全て聞いてから少し考えると、ガーシュたちの馬車故障の作戦と、イーリャンの存在（彼が祖国での司祭の位にあったことも話した）を聞いて少し安心したようだった。

「クレアちゃん、気を付けてね」

「アグリアもだ。旅は何が起こるか分からないのが常、かと言って、自由に交易できるようになった今国交を持つ意味でも新婚旅行は大切なことだ。くれぐれも、クレアを守るように」

私の心配ばかりされて何だか居心地が悪かったが、アグリア様は今日は朝から笑っている。そして、大胆なことに、人前で私の肩をぐっと抱き寄せてきた。驚いて顔をあげると、そこには何も心配などないようなアグリア様の微笑みがあった。

改めて思う。いつでも笑えるように強く、と言った私の言葉は、アグリア様の中でこそ生きている。私はきっと、笑うのが下手だ。アグリア様の腕の中で、やっと肩の力を抜いて微笑むことができた。

「大丈夫です。私の師はバルク卿ですが、鍛錬を怠ったことはありません。まして、クレアを守るためだと思えば剣も冴えるというもの。政治的な意味では私が守ってもらうことになりそうですが……ね、クレア？」

「は、はい！　精いっぱい外交を務めてまいります！」

照れくさいながらも、大きな手、広い腕の中ではっきりと守ると、そして私にも役目があるのだと、心配でいっぱいだった頭の中にアグリア様の言葉は風を通すようだった。

隣にはアグリア様が、背には頼もしい護衛や影のネイジアが、一緒に旅をする侍女や使用人がいる。

何も1人で放り込まれる訳ではない。安心して、私は私の務めをはたそう。そして何より、行ったことのない国を楽しもう。アグリア様と一緒に。

続々と馬車に荷が積み込み終わり、使用人たちも乗り込んだ。

私とアグリア様も馬車に乗り込んで、いよいよ出発だ。

まずは少し遠いポレイニア王国。こちらには、ダイヤモンドとピンクダイヤモンドのグラスを渡す予定だ。

ふかふかのクッションが敷き詰められた長旅仕様の馬車に乗り込み、私とアグリア様の新婚旅行は始まった。

4　出発！　新婚旅行

首都を出て少し北上した後は、国境線に沿うように馬車の集団は進んで行く。途中途中に大きな都市もあるし、貴族の屋敷もあり予め旅程として泊めてもらうようには頼んである。

1ヶ月の新婚旅行の半分は移動時間だ。バラトニア王国は広大な国だから、北側には3国と隣接している。首都から最も近いのがポレイニア王国で、それより東にあるのがウェグレイン王国だ。

フェイトナム帝国からの盾となるべきバラトニア王国との友好的な国交は北の国々も望むところだったようで歓迎する旨の返事は貰っている。

その上、バラトニア王国はフェイトナム帝国に勝った、という実績がある。

それがいかに機を読み、奇をてらい、奇襲をかけたのだとしても、勝ったものは勝ったのである。そのうえ、勝ったからといって無茶を言った訳ではない。独立したこと、そして、国民の数に見合っただけの医療の体制を整える要望が主たるものだ。その辺はどの国にも広く知られている。

そういった点から、バラトニア王国はフェイトナム帝国からの盾として北の国々からは概ね良く見られている。

そこに新婚旅行でお邪魔したい、とバラトニア王国から言われたのだから、ポレイニア王国もウェグレイン王国も諸手をあげて歓迎した。

という話をしながら、長閑な田園風景を後目《しりめ》に、私たちは5日程の時間をかけてポレイニア王国へ向い、今国境を潜って今度は王都に向う。

ポレイニア王国に入ってからは、空気が違う感じがした。北にある国だから寒いかと思ったが、そんなことはない。今、バラトニア王国は少し暑いくらいの気候だが、比べたら少し涼しい、という位だ。

変わったのは景色である。田園風景だったバラトニア王国に比べて、ポレイニア王国は広葉樹がふんだんに植えられた道になっている。海とは面さない内陸にある国だからか、広葉樹の隙間からは草原と集落が隙間隙間に見えていた。

草原には大きな牛が何頭も放されていて、酪農の盛んな国なのかと肌で感じる。針葉樹の方が生育も早く加工も安易で、なんなら寒い地方では針葉樹の方が自生しやすいのに、と思っていたが、最初に泊まる主要な街についてみて分かった。

一息に首都までは向えないので、高級な宿屋に部屋を取っていたがさっそく文化が違う。

まずは平屋建てなこと。木造建築で、朱塗りと黒塗りの美しい建物だった。平民の服装からして、バラトニア王国とは全く違う文化だと理解できた。

内装の家具の質感もまるで違う。

バラトニア王国はまっすぐに育ちやすい針葉樹を使った建材や家具が多くみられ、他にも木炭や薪にすることが多いが、飴色に磨いてニスを塗ってあっても、少し軽い手触りだ。塗料を塗ってあってもそれは同じで、高いテーブルなどは広葉樹が使われていたりする。

ポレイニア王国では、広葉樹が市民の間にも浸透している。部屋の中の家具全てが広葉樹の樹木を使った物であり、手触りは硬いがしっかりとした造りで、なんとも言えない豪奢さがある。

「すごいですね、ところ変われば品変わるとも言いますが、こんなに高い木材ばかりでできた部屋というのも」

「それを支えるための建築技術もだね。バラトニア王国とは建築技術の差がある。こちらの国の技術にも興味が……、ふふ」

急に言葉を止めて自分で笑ったアグリア様に、私が家具を撫でていた手を止めて振り返ると、可笑しそうに口許に手を当てて肩を揺らしている。

「どうしよう、クレア。私に、君の好奇心がすっかり移ってしまったようだ。楽しいけれど、これは忙しいね」

「まぁ、アグリア様。好奇心は大事ですよ」

「うん、それは分かるんだけど……前なら、こんなに気にして観察なんてしなかったろうにな、と思うと楽しくて」

「わ、笑いすぎです！　もう！　でも、本当に素晴らしいですね。建築技術……あぁ、あの梁なんてきっと天然の樹齢のいった広葉樹ですよ。真っ直ぐではなく太くてうねりながらも、しっかり天井を支えています」

言った傍から私が部屋中を見渡して指差したところを、アグリア様も隣に並んで見上げて観察する。

こうして一緒に新しい発見をし、他国の技術に関心を持つ。

今迄は自分1人で完結していた好奇心を語り合える相手がいるということに、私はひそかに幸福を感じていた。

◇◇◇

翌日には首都に入り、王宮に向う馬車の中から見た街の中も平屋建ての建物が整然と並んでいた。背の高い建物は見事に見当たらない。建物そのものの高さがあるから気にはならないが、まさに異国情緒といったところで、街中の景色に見惚れて時折歓声を上げていたらしい。

平屋建ての建物には木の看板ではなく布に大きくポレイニア語の屋号が書かれて入口の隣に日除けのように張ってあるものが殆どで、雨や火災を防ぐためだろうか、どの建物も黒い塗料で塗られている。

ところどころに綺麗な色合いの模様が描かれた飾りや、ガラス窓の外につける建具に細かな細工が施されているので見ていて全く飽きない。

街中は整然とした遊戯盤のように道が前後左右に綺麗に大通りがあり、建物で区切られていたのも面白かった。バラトニアのように市が立つくらいの広さはあるが、今日は特にそういった出店のようなものはない。全て建物の店ばかりだ。

王宮は大きな堀に跳ね橋が掛けられており、その門を囲う塀は堅牢な石造りだったが、石の塀の上にはやはり朱塗りの綺麗な木材の屋根のような細工が施されている。門そのものは朱塗りに黒柱の門だった。

馬車で進んでいく間に見た庭も、池があり、庭の中に朱塗りの半円のような橋、大きな庭石に、松や赤い葉を茂らせた紅葉《もみじ》が植えられ、庭の其処彼処に芝桜が花をつけている。

「素敵なお庭ですね。今日からここに泊めていただくんでしたよね」

「あぁ、その予定だよ。ここを拠点に色々と案内してもらう予定だ」

「できれば、お庭も散歩したいですねぇ……」

「王宮の庭は客人に開放されているものだから、明日の朝にでも散歩させてもらおうか」

「はい！」

庭も東屋も、花でいっぱいという訳ではないのに華やかさと上品さがあり、王宮自体も平屋造りだが、平屋だからこそ圧倒される程巨大な建物だった。

馬車が停まった入口も巨大だったが、長衣に鎧を付けた槍を持った門兵に重たい鋲付きの扉を開けてもらって中に入ると、小あがりになっているエントランスに入り、廊下は贅沢に全て毛足の短い絨毯が敷かれていた。

中で待っていた執事もポレイニア独特の服装で、すれ違う侍女や使用人も皆同じような形で色彩は抑えているものの目に楽しい色使いの布を使った服を着ている。

案内された部屋は横開きの扉で、案内の執事が声を掛けたのちに中に入れて貰った。

「やぁ、よく来てくれた。バラトニア王国王太子殿下、王太子妃殿下。こうして相まみえることができて幸福だよ。神に感謝だ」

「ありがとうございます、ポレイニア国王陛下。この度は我々の新婚旅行のために、お時間を割いてくださり感謝申し上げます」

「新婚旅行で他国に、等とは今までは望むべくもなかったことだろう。この世界が少しずつ変わっている、その一歩だとは思わないかね？　よければ、我らが神にも顔見せ願いたいのだが」

ポレイニア国王は、陽気で明るく、背は低く、体の丸い、口ひげを綺麗に整えた御仁だった。

軍服とも神官服とも言えないような、かっちりとした長衣を着ていて、刺繍は豪華だが全体的に色合いは統一されている服装だ。

見かけた使用人の方が彩り豊かというのも首を傾げるものがあるが、逆に威厳が出るのかもしれない。刺繍や縫い取りは確実に陛下の服の方が豪華だ。

私は口を出さずアグリア様の隣で調度品や服装をこっそり観察していたが、次の言葉にわずかに肩を強張らせてしまった。

「私たちは宗教を持ちませんが、御国の神は我々をよく思われるでしょうか？」

アグリア様の言葉を、イーリャンが翻訳して話している。イーリャンはイーリャンで、表向きの通訳の仕事を見事にこなしていた。

肩が強張った私に気付いたイーリャンが、大丈夫ですよ、とばかりに一瞬目配せしてきたので、私は体の力を抜いた。どうも、宗教、というものに対して恐怖を抱いているようだと自覚する。

私はある意味知識の集積所もあったフェイトナム帝国の王室の人間だからいくらでも学ぶことができたが、イーリャンは一体どこでどうやって学んだのかが不思議だ。後で聞いてみようか迷ったが、せっかくの新婚旅行で他の男性に構いつけていたらアグリア様が拗ねるかもしれない。

旅行が終わってからにしよう、と思い直して、なるべく微笑みを絶やさないようにアグリア様の隣にいた私は、ポレイニア国王が鷹揚に笑ったのを見てより一層安心した。

「もちろんです、我が国の神は客人にも御心を開かれています。どうか、旅の無事でも祈っていかれるとよろしい」

「ありがとうございます。では、土産の品を供物として捧げますので、時が来ましたら陛下がお使いになってください」

「それはそれは、心遣い痛み入ります。部屋に荷を運ばせている所ですので、どうぞ、私が案内しましょう」

国王自らの案内という言葉に、イーリャンも含めた私たち3人は顔を見合わせてしまった。

それでも、側近からお土産のグラスの箱を預かり、私が持ってポレイニア国王の後に続いて歩いていく。

ポレイニア王国の王宮は、一貫して平屋建てだった。王宮でさえ木造で、神殿もまた木造らしいのだが、王宮と神殿は朱塗りや木彫りの飾り（後で聞いたが、欄間《らんま》飾りというらしい）で風通しや採光を行っているそうだ。

建築技術の発達の方向が全く違う。古いはずなのに、樹で出来たこの建造物に危なげな所は少しもない。

「2階建て以上の建物の街もあるのですが……その、新婚の王室の方々に勧める場所ではないのですよ。歓楽街ですので」

「ははぁ……、それはまた、何故」

「平屋ですと、そこで働く遊女に無体を働かれることがあります。王宮は逆に警備が行き届きますし、平屋の方が良いのですが、治安の悪い場所はこの国にもあります。ですので、そう言った所は却って高い建造物が建つのです」

新婚の他国の王族にする話ではないが、元はと言えば私が歩きながら好奇心に負けて平屋建ての理由やら建具について質問していたせいなので仕方がない。

それに、少し興味があるのも確かだ。シナプス王国では歌姫、花姫と呼ばれて大事にされている娼婦だが、この国では遊女と言うらしい。他にも、芸妓と呼ばれる体は売らずに芸を売る女性もいるらしい。

大変興味があるけれど、新婚旅行に来て、まさか妻の方が歓楽街に興味を持つのもどうかと思うので、私はうずうずした気持ちを抑えて「そうなんですね」と話を流した。この辺については、帰りに本屋にでも寄ってもらってたくさん資料を買って帰ろうと思う。

そんな私の様子も思考もお見通しのアグリア様が、口元を押えて堪えられないというように小さく笑う。

恥ずかしさに耳まで赤くなった私が、あれは何ですか、これは何ですか、という質問を止めてすぐ、ポレイニア国王が「着きました」と言って足を止めた。

平屋建てといっても、小上がりのような階段はあるし、今まで歩いて来たのも木造の渡り廊下だった。

着いた、と言ってポレイニア国王が足を止めたのは、扉のない門のような所。鳥居、と言うらしいが、私にもアグリア様にも聞き覚えはなかった。

ただ、そこは開かれている筈なのに、なんだか真ん中に立つことも、勝手に潜ることも憚られるような圧を感じる。朱塗りの太く外向きに斜めに建った柱を、２本の梁のようなものが支えている。

その梁の所にポレイニア語で神様の名前が書かれていて、鳥居の向こうには斜め奥に荘厳な造りの小さな家が建っている。

庭石は白で、磨かれた大粒の石が敷き詰められており、歩いてその小さな家に行けるよう、飛び石が設けられていた。

神様を高く扱うというより、まるで真正面から向き合うことすら失礼だというような造りだと思った。あえて鳥居という門から斜め奥に配置されているように見える。

「ここは、普通に潜っていただいて大丈夫です。あれは一の宮と言いまして、我らが神である陽《よう》天之真子《てんのまなこ》様の本宮はさらに二の宮、三の宮の奥にあらせられます。お客人ならば一の宮でお参りするだけでよろしいかと」

「ご配慮ありがとうございます。つまり……神様をお祀りしているのはもっと奥で、ここは玄関のようなもの、ということですか？」

「はい。さらに言えば、分霊と申しまして、我が国にはここを総本山とした同じ神の家……バラトニア風に言えば神殿というのが馴染みがあるでしょうか。それが各所にございます。神の社と書いて神社なのは……そちらのシンフェ国の方はお馴染みですかな。信教の違いは確かに扱いの難しい問題ですが、我が国の神は大らかであらせられます。拝礼の手順なども特に厳密にはございません、こう、胸の前で手を合わせて一礼いただければよろしい。礼の間に語り掛けることで、自身の内なる神との対話となります」

ポレイニア国王は自分の胸の前で掌を合わせて一礼する仕草をして見せた。その際、目は閉じるもののようだ。

私はこれまで、裏付けの乏しい天体、各国の宗教、神、そういったものは撫でるようにしか学んでこなかったが、それもこれも自国内で自分の人生が完結すると思っていたからだ。

しかし、バラトニア王国に嫁ぎ、神を戴かない国の中枢に関わり、そこからさらに違う国の宗教に触れる機会が大きく増えた。

国を一歩出てしまえば、そこには違う文化が根付いていると頭では分かっていたけれど、こうして触れる空気、見る建造物、宗教の表面ではない部分に触れることとなって、私は新鮮な体験ばかりしている。

今でも何かに入信しようという気はないし、祖国の宗教は最早人の手によって腐ってしまったと断じられる。

けれど、何故だかポレイニア王国の戴く神様には……大事にされているかどうかという部分も含めてだろうけれど……敬意を抱く気持ちがあった。

私とアグリア様、イーリャンは、ポレイニア国王が鳥居の前で待っているというので、飛び石を歩いて渡り、一の宮と呼ばれた小さく荘厳な家の前に立った。確かに飾り透かしの彫りが入った壁の向こうには、奥に同じような家が見える。奥に行くにつれ、装飾が過多になっているようにも。人に見せるためではなく、神の家だからこそ凝っているという、神を戴く国の人の畏敬が形に表れている。

教わった通り、一の宮の前で3人で並んだ私たちは、胸の前で合掌して軽く腰をおり礼をした。

(陽天之真子様、はじめまして。旅の機会がありこうしてご挨拶させていただいております。どうか、アグリア様と私、一緒に来てくれた皆が無事に旅を終え、得るものがありますよう、見守ってください)

私は、胸の中で神様に語り掛ける、というのをほとんど初めてやったかもしれない。

フェイトナム帝国のリーナ教の余りの歪められ方に、リーナ女神を信じていなかったのが大きい。宗教家、と名乗る人間が信用できないのも、王室から見ていれば痛いほど分かるものだ。

しかし、ここまで祀りあげられていても、ポレイニア国王は「内なる神」と言った。ここに祀っている神様ではなく、ここで祈って捧げる言葉は自分の中の何かと対話する言葉だ、という意味であっているはずだ。

ポレイニア王国の宗教について、もっと知りたいと思えた。城に滞在するけれど、1週間は国の主要都市を見て回って良いことになっている。もちろん、行ってはいけない場所もあるので、ポレイニア王国側のガイドの元でだが。

本当に何の気もなく、私は祈りながらそんなことを考えていた。けれど、急に胸元が焼けるように熱くなって、驚いて手を解いて目を開く。

「クレア……!」

「あ、アグリア様……!」

私とアグリア様の胸元には、服の下に、バラトニア王国で買った小さなルビーと真珠のネックレスが付けられていた。互いの瞳の色を交換するように。

その石が熱をもって、光を放っているのは、お互いの衣服の隙間から漏れ出る金色の光で分かった。火傷するような痛みはないが、単純に驚いたのだ。

イーリャンが目を見開いてその光景を見ていたが、私とアグリア様が互いに視線を交して戸惑っているうちに、光は収まった。

後ろからポレイニア国王が丸い身体を揺さぶって駆け寄ってくる。

「い、今のは……! お、おぉ……、失礼ですが、服の下に何か……?」

「私は真珠を、妻はルビーを、それぞれ小さな石ですが身に付けていますが……今のは、一体」

ポレイニア国王の瞳は丸い顔に埋もれて糸のように細かったが、その細い目を目いっぱい見開いて、彼の王は大袈裟な程に合掌して深く頭を下げた。

「それはそれは……今のは、陽天之真子様のご加護にございます。紅玉はそのまま太陽を、真珠は太陽の光を受ける月を模す石と言われています。旅の安全を願われたお2人に、きっと加護をお授けくださったのでしょう……!」

それこそ私とアグリア様は、戸惑いで一杯の顔を見合わせた。ここにきて、神の奇跡だとか言われても、という気持ちもあれば、今確かに不思議が起こったことは事実として受け止めなければならない。

観光をする前に、私たちはもっとちゃんと、ポレイニア王国の宗教と神様について聞かなければいけないようだった。

◇◇◇

「いやなに、そんなに特別に思われることはありません。神に祈るときというのは、だれしも何かしらの欲求を持っておられます。ですが、あなた方には神に何かを要求する『期待』がなかった。神は利己的に欲すれば聞き流されることもありますが……そうでなければなんでも願いが叶ってしまいます……そうではなかったから、聞き届けられた。その結果、ちょうどよくお2人の身に付けている石に守りを施すという結果になったのでしょう」

応接間に戻ってポレイニア国王と向い合って座ったアグリア様と私は、素晴らしいことですよ、と言われるものの、どういう表情をしていいか分からなかった。

イーリャンは通訳する以外は沈黙を貫いている。もっとポレイニア王国の神様について知るべきだと思ったものの、国王の説明で充分な気もする。せっかく外国に来ているのに、宗教の勉強で時間を潰すのもどうかという気持ちもある。

「では、まぁ……そういうもの、として受け止めることにします」

「アグリア様と私も同じ意見です。そういうものとして受け止め、この後は観光を楽しんでもよろしいでしょうか？」

これに驚いたのはポレイニア国王の方で、目を丸くしてから大きなおなかを揺すって声を上げて笑った。

豪快な笑いが似合う、なんとなく印象は可愛らしい人だが、やはり王は王なのだなと実感する、なんとも腹の底が見えない笑いでもあった。

「もちろんですとも。いやぁ、バラトニア王国……本音を言えば、戦争を起こす国の王族とは一体どんな人物か、と思っていたのですが……えぇ、理由は民からの噂や交易の際に耳にして存じています。私がもし、バラトニアの国王であったとしても同じことをしたでしょう。それはそれとして……、大きな器量をお持ちのようだ。案内の者を付けますので、どうぞ、国内は好きに見て回ってください」

「ありがとうございます。見聞を広めさせていただきます」

「よろしくおねがいします、ポレイニア国王陛下」

私とアグリア様が立ち上がって礼を言うと、鷹揚に頷いた国王陛下を見て、ドア近くの使用人がどうぞと声を掛けてきた。案内人の所まで案内してくれるらしい。

靴で歩く風習はここも同じようで、絨毯の上は多少踵のある靴でも歩きやすい。

案内されたのは横開きの扉の前で、ここに案内人がいるのかと思ったら、その使用人が開けた先は広い衣装部屋になっていた。

「国内を見て回られる時に、バラトニア王国の服では少々動きにくいかもしれません。よろしければ、こちらでお好きな服にお着替えくださいさい。何がよいか分からない時には侍女がお応えします。通訳の方も、どうぞ」

「まぁ、ご配慮ありがとうございます。せっかくだから着替えてみましょう、アグリア様」

「そうだね。その土地を歩くのに一番適した格好で歩くのはいろんな意味でいいことだ。イーリヤンも着替えよう」

「そうですね、私だけシンフェの格好では浮きそうですので。お言葉に甘えさせていただきます」

案内をしてくれた使用人に律儀にシンフェの礼をしたイーリヤンは、一緒に衣装部屋の中に入った。

右手が女性物の服で、左手が男性物の衣服のようだ。靴もあるようで、サイズも豊富に揃っている。色の洪水のような服の揃い具合に、私は目をちかちかとさせていたが、かえってアグリア様とイーリヤンは驚きもせずに左手側に案内されていった。

バラトニア王国は常にフェイトナム帝国の方を向いていたから知らなかっただけで、北の方の国はお互い深い国交があるのかもしれない、とこの部屋を見て思う。

王家の方の衣服を貸し出すということはないだろうし、明らかに外国人の、それも賓客をもてなすための衣装部屋なのだろう。

サイズも豊富、色柄も豊富だが、どれもフェイトナム帝国やバラトニア王国のドレスとは形も模様も違う。

私は女性側の衣装を侍女に案内されるままに見ていたが、意匠や形に目はいくものの、自分に似合う服だとか、色だとかにはとんと疎い。メリッサとグェンナは国王との会談の場には来ていなかったし、その間にここの侍女のような服装に着替えているのかもしれない。

なんというか、使用人からしても服の形が大分と違うのだ。使用人だと分かるように揃いの形のものを着てはいるが、彩は華やかで、口元をヴェールで覆っているのが上品だと思う。

「あの、ごめんなさい。私は全くお洒落というのに疎くて、できればアグリア様に恥をかかせないような格好がしたいのだけれど、おすすめでコーディネートしてくれるかしら？」

私がポレイニア語を流暢に話したことで、案内の侍女が驚いて私を見た。そして、少しほっとしたように胸元に手を置く。

「よかった、言葉が通じるのですね。案内がしやすくなります。申し遅れました、この部屋の担当を仰せつかりました、ナイジェルと申します」

「バラトニア王国の王太子妃、クレアです。お願いね、ナイジェル。私はいいのだけれど、アグリア様には恥ずかしい思いをして欲しくないの」

「本当に新婚なのですね。そのお気持ちがとてもお可愛らしい。クレア様は色が白く、髪色や瞳も白に近いので……全身が真珠のようですね、とても素晴らしい、縁起の良い色です。今日のお召し物の青のドレスもとてもお似合いです。ポレイニアでは、太陽と山が男性、月と川や水辺が女性を象徴するものとされています。ですが、せっかくですので少しイメージを変えましょう」

「あ、青の他に私に似合う色があるかしら？」

「何事も冒険ですよ。とはいえ、奇抜なものは選びませんからご安心を。――そうですねぇ、こちらと、こちらを帯に、これを肩から下げて、ショールと靴は同色で揃えて……」

私には全く理解できないが、同じような布を見比べてどちらにしようかな、と悩むナイジェルの姿には微笑ましさを感じてしまった。

ここでも普通に女性は細かな差で悩むものらしい。私には違いはよく分からないが、自分で選ぶよりは断然マシな格好になることは確信できる。

大人しく身頃に宛がわれる布を前に、姿見の前に立つことに専念することにした。

◇◇◇

「アグリア様、イーリャン、とても似合っているわ」

着替えはさらに別の奥の部屋があるらしく、左右の壁に作り付けられた小部屋で着替えと化粧を施されて、私とアグリア様、イーリャンは衣装部屋の前で合流した。

目の前に現れた2人は、洋装に近いが、やはり衣の丈が長い。膝下まである袖なしの上着に、長袖の膨らんだ袖のシャツを着ているようだった。首元は立て襟で、頭に何か布地を巻いている。髪を覆うようなものではなく、額からぐるりと模様入りの派手な布地を巻き、その結び目に金属の装飾品が着けられているのが綺麗だった。

国王は王冠を被るので巻かないらしく、貴人の男性はこのように装飾品を着け、平民は無地の布を巻くらしい。ただ、色の貴賤はないと、私の身支度をしてくれたナイジェルが隣で教えてくれる。

シンフェ国の服に少し似ているが、あちらは暑さからか袖が広く、上着は前で斜めに重ねて合わせるような衣服だ。

平素はバラトニアから北は寒いらしく下に肌着を着ていたが、ポレイニア王国の服は厚手の上着だし、シャツも膨らんだ袖だが手首のところでボタンで詰めてある。

今日は貴人の付き人なので控えめながらも装飾品を身に付けていたが、普段から怜悧な印象なので違和感がない。

頭に巻いている布こそ派手なものの、衣服は薄い金に近いアイボリーや濃いグレーという落ち着いた色合いに、光沢のある糸でできたボタン留めが、やはり少し軍服を思わせる。かっちりしているようで、ゆったりもしていて、それがまた絶妙に2人に似合っていた。

帯剣も許されているらしく、アグリア様はもちろん、イーリャンも気付かなかったが両側に短刀を提げていた。

語学も得意、交渉も得意、文官として仕事もできて、祖国では司祭の資格もあり、武術の心得がある……どんな万能人間だろう、と思ったけれど、ガーシュのことを考えればなくはないのだろうと思う。

「うーん、男の私に先に褒めさせてくれてもいいと思うんだけどなぁ、クレア。君もとてもよく似合っているよ。本当に素敵だ。異国の地で誰かに見初められないように、しっかり腕を組んでおかないとね」

「私ったら……すみません。あの、改めて……アグリア様、似合ってますか？」

私は頭を通す穴がついた胸倉の開いた厚手のドレスのようなものに、リボンやベルト、コルセットの代わりに帯というものを締められていた。コルセット程きつくはないが、脱ぎ着するのが実に大変そうな結び方で、これは脱ぐ時にもナイジェルの手を借りないといけないだろう。

その厚手のドレスの下にはフリルブラウスを着ており、寒くなったらこの上にスモックやポンチョという上着を羽織るらしい。女性は色使いが派手らしく、ブラウスの色は青で、その上のドレスはくすんだ紫色をしている。そこに金の帯を締め、足元は歩きやすいよう少し丈が短くなっており、下は下で白いフリルのついた膨らんだスカートをはいて、私も平靴を履いている。

帯から垂らす布は刺繍の入った光沢のある銀の布で、厚手のドレスにも刺繍がふんだんに施されていた。

頭は何もないが、口元を薄手のヴェールで隠し、そのヴェールを押えるための宝飾品が髪を飾っている。

そんな私の姿をまじまじと眺めたアグリア様は、うんうん、と頷いて「とても」と言うと私の隣に来て腕を差し出してきた。相変わらず可愛らしいヤキモチと独占欲の出し方に笑って手を載せて顔を見合わる。

横目に見たイーリャンが先程からぼうっとしている気がするが、どうかしたのだろうか、と不思議に思って振り返ると、その背中に声がかかった。

「クレア様、国王様との面会は終わられました？」

「あら、素敵なコーディネートですね。そのお色も服装も大変似合っていらっしゃいます！」

やってきたのはメリッサとグェンナだった。想像通り、２人も派手な色の侍女服に着替え、ヴェールを口許に纏っている。

それぞれの髪や瞳の色にあった多少濃いアイメイクもまた素敵だった。

ここでは侍女もある程度賓客扱いしてくれるようで、控えめながらナイジェルはつけていない装飾品を身に纏っている。

「２人ともとっても素敵よ！　あぁ、この服は買い取らせてくれるのかしら？　でも、バラトニアで着る機会はないし……困ったわ。どこかで絵姿に残してくれたりしないかしら」

私は男性の格好も、女性の格好も、ポレイニア王国独特の服装や慣習が気に入ってしまった。

せっかくこんなに似合うのに、この国以外では少し浮いてしまう、というのもまた寂しいものだ。服の規格は各国で違うとはいえ、南国でもないのにこうも色とりどりで華やかなのも素敵だなと思う。どういった歴史があるのか、知りたいとも思う。それは本屋で帰りに買って帰るとして……。

「皆揃ったわね。では、案内の方の所に行きましょうか」

私の言葉に、この部屋まで案内してくれた使用人がエントランスまで揃って案内してくれた。

街中は整然とした並びで迷いそうもないのに、いくつも派手な鳥や植物を描いた紙の扉を潜って迷路のような王宮の中を歩き回り、やっとエントランスについた。

案内の中で、あの扉を締めたり開けたりして客人同士が顔を合わせたり、使用人の働く姿が見られないように通路を塞いだり通したりしていると聞いて驚いた。

いくら記憶力に自信があっても、私はここにいる間、1人で王宮を歩き回る愚だけは犯すまいと思った。うっかり行きに通った道が塞がれた時に、元の部屋に戻れる気がしない。

そんなことを考えているうちに、入って来た時と同様の開かれたエントランスに辿り着いた。

そこに、一人の男性が立っている。

「本日より、ご滞在中の案内役を務めさせていただきます。王宮にて文官をしている、デュラハンです。よろしくお願いいたします、バラトニア王太子殿下、王太子妃殿下」

エントランスホールで顔合わせをした相手は、生まれつきと思われる白髪に黒い長衣、白いズボン、頭に巻いている布も黒に銀糸の刺繍が施された、装飾品のない若い男性だった。バルク卿と同じ歳の頃だろうか。頭の布が白ではなく黒なことと、刺繍が入っていることから、平民とは少し違うようだが、装飾品を身に付けていない。

肌は白く、すらりと高い背に、細身だ。きつそうに見える吊り目は金色で、眦《まなじり》に男性なのに赤い色を入れているのが、また似合っている。だけれど、話し方は実に穏やか……というよりも、少し平坦にも聞こえる。

貴人は装飾品を身に付けると聞いていたが、貴族ではないのかな、と観察していると、アグリア様が困ったように笑って切り出した。

「アグリア、とどうか呼んでくれデュラハン。その呼び名では街中では下手に目立ってしまいそうだ、せっかく服装を改めたのだし」

はっとして私も言い添える。

「私のこともクレアと、どうか。こちらが通訳のイーリャン、私の侍女兼護衛のメリッサとグェンナです。よろしくね」

「護衛……？」

ぴく、とデュラハンの片眉があがる。明らかな武装もしていない、鍛えた風でもない侍女2人が？　と訝しんでいるようだった。そういうデュラハンはこれまた黒くて鍔のない剣を腰にさげている。

対して、メリッサとグェンナは何も武装していないように見えたのだろうが、訝し気なデュラハンに対して、メリッサもグェンナもそっと太腿の辺りや腰元の布地に触れて見せる。見えないように、だけれどすぐ取り出せるようにしている、というちょっとした意思表示だ。

デュラハンにとっては、護衛とは武装していることを見せつけることで威嚇をするものだという認識があるようだが、それはアグリア様もデュラハンも、何ならイーリャンもしていることだ。女性の武装は余計に目立つだろうし、何よりこっそり影のネイジアが付いてきている。

このことはポレイニア王国にも内密で、ガーシュたちもバレるようなへまをすることはないだろう。

威嚇は必要だが、女性同士でしか守りが効かない場所もある。そういう意味で自国からついて来た2人の様子にデュラハンは柔軟に納得すると、一つ頷いた。

「分かりました。では、アグリア様、クレア様、そしてイーリャン殿、メリッサ殿、グェンナ殿、どうぞ。城下町までは馬車で参ります」

「ありがとう。よろしく頼むよ」

デュラハンに連れられて外に停めてあった大型の馬車に全員が乗り込む。狭いということもなく、快適な広さに、座り心地のいい座席だった。

王宮まで来た道は見ていたが、王都には泊まらずそのまま城に登ったので、今日はまず足元である王都観光からである。

来た時にも見たが、平屋建ての建物ばかりだった。ただ、普通の平屋建てより背が高いのでは、と、馬車の中でさっそくデュラハンに尋ねると、的確な説明が返ってきた。

「ポレイニアは夏はほどほどに暑く、冬は雪が積もります。特に年明けからの2月程は積雪量が多く、そこから先はあっという間に融解します。なので、天井が低いと外気温に左右されやすく、また、太く硬い木材を使わなければ屋根の雪で家が潰れることもあります。なので、高層建築はせずに、なるべく天井を高く取り、夏場は天井に取り付けた小窓から風を入れたり、冬は暖炉の熱気が上にいくので……」

「あぁ、そうね。空気は暖かいほど上にいくから、屋根の雪を溶かすのね？　木造なら熱伝導はレンガよりも低いから、夏は涼しい、ということかしら」

「……えぇ、そういうことです。積雪の季節は年のうちで見れば割合が少ない。国土に適した建造物になっております」

「素敵だわ。王宮も木で出来ていたし、渡り廊下が地面から離れていたのは……」

「屋根はありますが、雪は真下に降る訳ではありません。高床にして冬は襖を張り、寒さと雪を凌ぎます。ある程度積もった雪は、ただ寒いだけの冬よりも保温効果がありますので、地面の雪かきは道だけとなります」

「着きました」と御者席から聞こえて来た時、私とデュラハンの話をにこにこ聞いていたのがアグリア様で、他の3人は「また始まった」と言わんばかりの顔で其々《それぞれ》少し困ったような顔をしている。

デュラハン本人は気にしていないようで、むしろ自国に興味を抱かれたのが嬉しいのか、行きましょう、とドアを開けて先に降りた。アグリア様、私、と続いて降りた所で、ドアを支えてくれている御者の姿に目を丸くし、それから素知らぬふりでアグリア様の腕に手を置いた。

ガーシュが御者をやっている。

一体いつの間に王宮でその役についたのか、どんな手法を使ったのかは聞かないでおくことにして、よくもまぁ首尾よくこうして側についてくれるものだと思った。

デュラハンがこれを知っているとは思えない。馬車は街中の役所に停められたので、ガーシュは御者兼荷物持ち、ということで一緒についてくることになり、イーリャンはデュラハンの少し後ろを、その後ろにアグリア様と私が並んで、メリッサとグェンナの少し後ろにガーシュがついてきている。

メリッサもグェンナもこれは知らなかったらしいが、それを顔に出すようではバラトニア王国の王太子妃付きの侍女ではいられない。素知らぬふりをしている。

「では、参りましょうか」

そう言って、デュラハンはゆっくりと人で溢れる大通りに向って歩き出した。

5　ポレイニア王国観光のその裏で

ポレイニア王国の観光の日々は、実に有意義なものだった。

まず、デュラハンは王都の中にある分霊の神社に向った。参拝のためもあるが、王城にはなかった社務所という場所があり、そこで様々なお守りや御神籤という神様からの託宣の書かれたクジを引いたりすることができるのだ、という文化の説明だった。

それでもまずは陽天之真子様に参拝を済ませ、社務所で小さな刺繍入りの袋状のものに香木を入れたお守りや、御神籤を引いてみたりと楽しんでしまった。

御神籤の内容は細かな項目に分かれて書かれており、それぞれに一言ずつ何か書かれている。クジの内容そのものには貴賤はないらしく、木箱に入った綺麗に結ばれた細長い紙（和紙、というものらしく、独特の触り心地と丈夫な薄い紙だった）を手に取り、自分1人で読むものらしかった。

が、ポレイニア語が分かるのはデュラハンとイーリャン、私だけである。私は自分の分を自分で読むことができたが、アグリア様のはイーリャンが、メリッサとグェンナのものはデュラハンが読んで内容を教えていた。ガーシュは鳥居の外で控えていた。内容にそれぞれ派手に喜んだり肩を落としたりしていたが、私は特に気にしなかった。

ただ、私の御神籤に書いてあった、旅は波乱あり、というものと、血縁に欠けあり、という言葉が気になった。また、待ち人戻る、という言葉も、言葉は分かったものの意味は理解できなかった。

血縁に欠け、というのが気になって、帰りに本屋に寄ると言った所、荷物持ちとして自然について来たガーシュと2人きりになった。他の皆は甘味処という、カフェに行くらしい。甘い物も気になるが、私は書物と、先程の御神籤の内容が気になったのでちょうどいい。

「ガーシュ、フェイトナム帝国の動きを把握しているはずね？」

「ええ、もちろん。それが何か？」

私は、少し迷ってから先程の御神籤の内容をガーシュに打ち明けた。

「血縁に欠けあり、と書いてあったの。兄上や姉上、妹に何かあった訳じゃないわよね」

「そのような報告はありませんね。強いていえば、少しビアンカ皇女が体調を崩しがちで社交の場に出てないとは聞いてますが……」

私は本棚に目を向けたまま、ガーシュは側についた護衛という体で周囲を警戒しながら、言葉を交わしていた。

姉のビアンカは多少の体調不良では社交を休まない。そういう教育は受けていない。高い熱が出ていても、顔には汗一つ滲ませず、顔色は化粧で誤魔化し、妖艶な笑みを浮かべて女社会で隙を見せる真似はしない。

重篤な病気なのか、或いは、影のネイジアすら欺く何かがあるのか。

「……ガーシュ」

「分かりました。部下を飛ばして少し探らせます。旅行中に報告できると思いますんで」

「お願いよ。……何だか嫌な予感がするの。私が国を出る時には何の予兆もないのに、そんなに急に重篤な病気になるとは……考えにくいわ」

「急いだほうがよろしいようですね。――ってことだから頼むぞ」

ここまで、人気の少ない書店の中での小声での会話だ。なのに、どこに居たのか客の一人としてついて来ていたらしいガーシュの部下が書店のドアを開けて出て行ったようだった。

影のネイジアの脚が速いのは、極冬の時に知っている。ポレイニア王国を出る頃には調査も済んで私にまで報告があがってくるはずだ。

重篤な病気だとしたら、私に何も手紙を送って来ないのはおかしい。多少の体調不良であれば、ビアンカが社交を休む真似をするはずがない。

血縁に欠け、というのはどういう意味だろうか。

私は頭の中でビアンカのことを考えながら、山ほどの本を手あたり次第に買って、ガーシュに重たい紙袋を両手に持たせてアグリア様たちと馬車の前で合流した。

◇◇◇

お父様に挨拶を済ませた翌日、私は大きな商家の馬車に密かに乗り込み、城内の者にも知られないよう粗末な（普段のドレスに比べればだが）服装に身を包み、3人の侍女を連れてウェグレイン王国に向った。

平素なら少なすぎる数だが、大人数を連れていくわけにはいかない。

フェイトナム帝国の首都からはバラトニア王国をまたいで真っ直ぐの位置にウェグレイン王国の首都があるので、旅程は2週間程だ。

あくまで行商のためにバラトニア王国を通り抜ける形だが、確かにバラトニア王国の進歩は目覚ましい。

平民と同じ食事であっても食材がいいからか食べられないことはないし、そもそもの食糧はこの国からフェイトナム帝国に交易で卸しているのだから口に合わないということはない。

大きな街を幾つか経由し、時には私を運ぶ商家の伝手でバラトニア王国の貴族の屋敷に泊まって、一応は不自由なくウェグレイン王国に向っている。

とはいえ、街を出れば延々と続く長閑な田舎風景に、私は険しい顔をしてしまっていたらしい。

「お嬢様、眉間に皺が寄っていらっしゃいます」

「あら、ごめんなさい。――あなたには懐かしい光景かしら？」

「まさか。……二度とごめんですよ、こんな大きいばかりの田舎国家」

ついて来た侍女の1人は、護衛も兼ねている。

フェイトナム帝国にも間者や刺客はいる。護衛としてウェグレイン王国までついて来ることになっているが、護衛対象である私に悟られるような人間はついてきていない。

さらに言えば、万が一のことを考えれば当然だが、護衛もなしにウェグレイン王国に向う訳にもいかない。が、騎士のようなあからさまな護衛は城からは出していない。表向きは。

商家の行商となれば品を積んでいるのが当然だ。その護衛の中に、近衛兵が何人か混ざっている。

その間くらいの存在……今話しかけてきた侍女は暗器の扱いにも精通している、いざとなれば私の盾になると言い切った『侍女』である。

身の回りの世話は慣れている2人を連れてきたが、彼女は少々特殊な存在だ。けれど、自分の命を盾にする気なのは間違いがない。希死念慮の強さと、フェイトナム帝国の温情によって生かされていたことから、ある意味金で雇っている他の侍女よりも信用できる。

そんな彼女の『祖国』を通るというのに、無表情の中に嫌悪感をわずかに滲ませた様子は、私の気分を少しばかりよくした。

王宮の一室で軟禁していた時から、私に対して人を使ってうまくアピールしてきた。

立場上、彼女を部屋からは出せなかったので、私から騎士をそぞろ連れて出向いて顔を見て話しても、そこにはバラトニア王国に対する未練も、フェイトナム帝国への恨みの欠片も滲ませない。

隠していたとしても、相当揺さぶってやったはずだ。時にはバラトニアを褒めそやしてみたり、フェイトナム帝国への不満を口にするように誘導してやったりと。

だが、彼女は一貫して、自分の命への未練がないこと、自分の有能さ、バラトニア王国への憎しみを口にし、ただ死ぬくらいならばお側付きの下女にでもしてくれませんか、と言ってきた。

下女にするには勿体ない。暗器の使える怪しまれない側付きなど、フェイトナム帝国では育てていない。けれど、フェイトナム帝国の王宮で働かせるには少々……生まれが卑しい。

フェイトナム帝国語とバラトニア王国語を操ることができ、一応はバラトニア王室で働いていたのだから腕はいいにしても、フェイトナム帝国民に囲まれていたら何がきっかけで暴発するのか分からないというのも正直なところだ。

ならば、私が国を離れるのだし、その身を盾にすることを厭わないという言葉に嘘がないことは、女としての私が勝っているのだから嘘がないことも確信できた。

社交の場では、女が女の力量を互いにさぐる。彼女はバラトニアの貴族の令嬢だったと聞いているが、田舎娘に変わりない。

時々、ポツリとバラトニアへの嫌悪を滲ませる。これではとても、フェイトナムではやっていけない。

だから、連れてきた。

馬車の中でお喋りの相手には少々物足りないが、彼女の表情を観察しているだけでもバラトニア王国を通る間の気分は随分よかった。

クレアのせいでこんなみすぼらしい格好で、華々しくもない婚姻に臨まなければいけない私にとって、バラトニアの出でありながら、祖国をここまで嫌悪している彼女はいい捌け口でもあった。

いくら良い方向に変わっていっているといっても、クレアの腕の中にはよく思わない者がいることを明確に意識できるからだ。私がこんなことをしなくても、いずれ勝手に自滅してくれたかもしれない。

……けれど、それを待ってやるほど、私はクレアに対して甘くない。

女としては無価値の失敗作の癖に、バラトニアで大事にされ、大々的な結婚式を挙げた。フェイトナム帝国の社交界でも、私は随分そこを攻撃されたものだ。戦争に負けた挙句に、税率もあがって貴族たちの不満の捌け口が王室に向く……当たり前のことで、それに反撃していなすくらいは簡単にやってのけるが、何度恥ずかしい思いをしたことか。

考えれば考えるほどいらつくが、目の前に自分より惨めで怒っている人間がいると、少しは溜飲が下がるというもの。

　そうしている間に、バラトニア王国とウェグレイン王国の間の国境を問題なく潜り抜け、私はいよいよウェグレイン王国へと入った。

　小さな国なので、首都までもそう遠くない。今日中に王宮に入り、私は暫く奥の院という所で密かに暮らすことになる。

　女神の血を王室に入れるのだから、どうせならば生贄を捧げた後に大々的に式を挙げましょう、と言った手紙で納得したらしい。なので、私の存在は秘されることになる。

　どんな国王だろうと関係ない。とにかく、御しやすければいい。見た目も関係ない。フェイトナム帝国の利になることのためならば、生涯仮面を被り続けること位やってのけなければ。

　これは、クレアを殺すための手段。そのために、私は顔も知らない小国の国王に嫁ぐ。こんなみっともない格好で。

　女神の血を継いでいると思い込んでいる馬鹿な国王など、閨事《ねやごと》に引きずり込む必要もない。うまく操って、クレアを生贄に捧げさせればいい。

　そうすれば、嘆願の手紙一つでお父様が私をフェイトナム帝国に帰してくれるはずだ。良くも悪くも、ウェグレイン王国はリーナ教の総本山ということでフェイトナム帝国に対して殆ど従属しているようなものである。うまく使って、あとはバラトニアを挟んで適当にあしらえばいい。

　ウェグレイン王国の首都は、まるで模倣したかのようにフェイトナム帝国の首都に似た街並みだった。バラトニアの田舎具合が見て取れる、此方の方が私には水が合いそうだ。

社交に精を出すのはまだ先になるだろうけれど、とりあえず旅の間身に付けていた粗末な服を脱いで早くドレスに身を包みたい。まったく落ち着かない。

地味な化粧に、髪まで茶色に染めて。そこまでしないといけないことが……バラトニアの腹の底が見えない状況だというのが、非常におもしろくない。

自分に似合う服装と化粧、髪型、装飾品、全てを揃えさせるのがまずは最初にやること。

そうして、神々しいまでに美しい私で最初は謁見し、そのまま結婚誓約書にサインをしてしまおう。

そうすれば、もう、ウェグレイン王国は私のもの。

「着きました」

そう声をかけられて、私は商人が出入りする正門じゃないエントランスからウェグレイン王国の王宮に足を踏み入れた。

◇◇◇

翌日からは、馬車で足を延ばしてポレイニア王国の名産だという染料の材料にある植物を育てている農村やら、材木の加工をする家具職人の工房、木造だというのに百年以上の歴史がある建造物と、面白く観光して回った。

「不思議ね、木造だとしても釘は劣化したりしないのでしょうか……」

「釘は使いません。ポレイニア王国の木造建築では、独特の方法で木材のみで建物を建造しています」

「ええ?!」

それは、もしかして物凄い技術なのではないだろうか。

木材は、水を含むと反る性質がある。逆に乾燥すれば縮むこともある。つまり変形するのだ。それを知った上で、木材のみで建造するというのは、余程木の性質に通じて正確な測量技術がなければ難しい。

ポレイニア王国の高い建築技術がうかがえるが、先日本屋に寄った時にも建築についての本は何もなかった。本屋があるというだけでも、識字率の高さがうかがえるものだが、それにしてもこれだけの技術を書物に残さないというのは、私には勿体ないことのように思える。

「この国の大工は大変重宝されています。幼い頃からカンナの掛け方から指導を受け、平屋建てとは言え屋根が高いですから、高所の作業のために身体の扱い方も、もちろん建築技術も現場で学んでいきます。それに、植物も変質します。木材の年代、材質、そういったものは経験によって口伝で学び、一流の大工が育つのです。測量に関しては……一応、ポレイニア王国の機密ということで今回はご案内しませんでした」

デュラハンに聞いたら、このような回答を貰った。それだけポレイニア王国では大工とは大事な仕事であり、人々の生活に根付いたものらしい。口伝で途絶えず技術の伝達があるというのもまた、私には新鮮な刺激だった。

「ポレイニア王国の技術力には感服しました。王宮もですが、この建造物の欄間飾りも素晴らしい。柱の彫り込みも美しい。木造建築というのは我が国ではあまり進んでおりません。いずれ、我が国との国交が進めば技術者としてポレイニア王国に移住したいという者が出てくるかもしれませんね」

アグリア様の言葉をイーリャンが通訳してデュラハンに伝えると、彼はここまでの旅程でほとんど初めて嬉しそうに笑った。

「ええ、その時は喜んで受け入れるでしょう。バラトニア王国から学ぶこともまだまだ多いと、今回の旅で思うことはたびたびありました。私は何の権限もございませんが、陛下のお耳にはいれておきます」

鍛えてある体軀に、帯剣もしていながら、デュラハンは髪色と同じ程肌が白い。そして眦の朱。笑うと、なんだか神聖なものでも見ているような気分になる。

今日でポレイニア王国の観光も終わり、最後に晩餐でもてなされ、明日の朝にはポレイニア王国を発つ。

なので、王宮への帰りの馬車でデュラハンに聞いてみた。

「不躾な質問をしてごめんなさい、デュラハン。貴方の身形からして、貴族ではないのよね？

でも、街中の方々や私たちの案内役を務めるというのは、何か意味があってのことなの？」

「いえ、実は……真っ先に聞かれるかと少し身構えていたのですが、ご配慮痛み入ります。私はこの国ではめでたいとされている、先天的に色素の欠けた人間です。白、というのは太陽光の色としてありがたがられるのですが、私は神社の生まれですので余計に。そして、瞳も本来は赤いはずなのですが、どうにも瞳だけは何の因果か色素が残り金で生まれました。なので、眦に朱を入れております。顔や手が白いのは、何も化粧をしている訳ではないのです」

なるほど、ポレイニア王国ではアルビニズムの人が尊重されるのか、と私は一人得心したが、アルビニズムは色素の欠けのせいで陽光に弱かったはずだ。

中には、一生を屋内で暮らす人もいる程に。

「その、私の生まれた国……フェイトナム帝国では、それをアルビニズムと呼びます。生まれつき日光に弱い、ともされていますが……」

「ええ、小さな頃はちょっと陽光に当たるだけで真っ赤に火傷したものです。実家の神社に併設されている道場の中で父や兄と武道に励みましたし、神社の生まれなこともあって読み書きにも苦労しませんでした。成長と共に、この目が金……淡褐色のように、多少は耐性がありましたので、このように長袖を着て移動する程度ならば何も問題なく行えるようになりました。なので、武官を目指していましたが、常に外に居るのは困難ですので文官として王宮で仕えています。知識欲もあったので、今は外交官を目指しております。この見た目だけでも大分話のとっかかりには有利ですからね」

デュラハンとの楽しいお喋りは、もちろんイーリャンが通訳してアグリア様も聞いていた。だが、あえて口を出さなかったらしい。自分の知らない話を、まずは聞いて自分の中に落とし込む。そういう姿勢でにこやかに聞いていたようだった。

その日の晩餐、ポレイニア国王は大袈裟な程に寂しがっていたが、いずれもっと親しく国交をするようになれば往来することもあるでしょう、というアグリア様の言葉に、それは是非、と言ってくれたので、新婚旅行の最初の国は実に平和に過ごせたと思う。

隣室で宛がわれていた私とアグリア様の部屋は、中扉で通じるようになっている。中扉を通ってアグリア様が寝間着で訪れ、私も寝間着のまま迎えると、少しの寂しさを伴いながらポレイニア王国の思い出を語り合った。

「ねぇ、クレア。私はデュラハンに個人的にお礼がしたいと思うんだけど、君はどう？」

「えぇ、私も……毎日案内してくださったデュラハンには何か贈り物がしたいです」

「それで、この国では革製品があまり普及していないように思ったんだ。染料で染めた布というのは確かに軽くて華やかだけれど……」

「確かにそうですね。革製品を身に付けている方は殆ど見受けられませんでした。あまり、革を日常的に身に付けるという習慣はないのかもしれません」

布の染色技術は進んでいるが、厚手の布はあっても革製品を身に纏っている人は少ない。

「剣を扱うようだったし、滑りにくい革の黒手袋なんて喜ばれそうじゃないかい？」

「それはいいですね。えぇ、えぇ、帰ったら是非準備をして贈りましょう」

「よかった。……クレアの好奇心が私にも移ったと言ったろう？　デュラハンの話を聞いているうちに、布では剣が滑りやすいからね、革手袋がいいんじゃないかと考えていたんだよ」

「……アグリア様。それは好奇心ではありませんわ」

長椅子に並んで座り、甘いお茶を飲みながら話していた私は、茶器をテーブルに置いてアグリア様の手に自分の手を重ねた。

「それは、思い遣り、というのです。確かに相手を知ること、何かを知ることに興味がわくのは好奇心でしょう。ですが、好奇心の先に誰かにとって利のあることを考えることは、思い遣りです。私には少し欠けたものであり……アグリア様には好奇心よりも先にあった美徳だと、私は考えます」

夜の控えめな照明の中でも夕陽色にきらめく目は、今日も優しく微笑んでいる。その目をじっと見つめながら、私は本当にこの人の妻になれてよかったと思った。

旅をする中で相手の嫌な面が見えてくることがあるという話も聞くが、アグリア様との新婚旅行は楽しいことばかりだ。こうして、アグリア様の思い遣りに触れることもできた。

いや、出会ったときからアグリア様は思い遣りに溢れていた。私の扱いにも最大限の配慮を行い、様々な自由を許してくれた。何かあればフォローをしてくれ、必ず私を喜ばせてくれた。

「……一緒に、新婚旅行に来られて、本当によかったです」

「クレア……、それは私も一緒だよ。……さぁ、明日は朝早くに出発だ。ゆっくり眠ることにしよう」

「はい。おやすみなさいませ、アグリア様」

「おやすみ、クレア」

他国の王宮でこのような部屋が宛がわれているので、もちろん……そういう夜もないこともなかったけれど……明日は早くにこの城を発つ。

優しい口付けだけを交わして、私とアグリア様はそれぞれの部屋でゆっくりと休んだ。

6　策謀の予感

ポレイニアの王宮を出る時、わざわざ国王陛下が王妃殿下と共に見送りに来てくれた。デュラハンもだ。

その際、何故かポレイニア王国で私たちの馬車の御者に収まっていたガーシュが、今度は移動の馬車の御者に収まっているのには、少し笑いを堪えるのが大変だったけれど。

素知らぬふりで（行きの時の御者はどうしたのかというのは聞かなかった）馬車に乗り込み、荷物を積んだ馬車と共に発つと、まずはバラトニア王国を目指す予定だった。

しかし、王都を出た所で馬車は急に停止し、どうしたのかと外を見ると、道を塞ぐように馬上の人がいた。

服装からしてポレイニア王国の人ではない。

アグリア様とイーリャンが降りて、危険がないと分かると私を外に呼び寄せた。

馬から降りて道の真ん中で跪いた若い男性は、ポレイニア王国と隣接しているウェグレイン王国からの親書を届ける伝令だという。

「私がご案内しますので、どうぞこのままウェグレイン王国に向っていただければと思います」

お邪魔する側として、ここまでされて断るのは失礼にあたる。しかし、移動の関係でいつに行きます、ともちゃんと連絡してあったのに、急なことで私もアグリア様も戸惑って顔を見合わせた。

ガーシュの方をちらりと見ると、これればかりは、と肩を竦めている。面白くなさそうな顔をしていたが、このイレギュラーばかりはどうしようもない。

ウェグレイン国王の玉璽《ぎょくじ》の押してある親書付きでこう言われて断るのは、宗教面での心配以上に政治的によろしくない。

「分かった。すまないが、案内を頼むよ。滞在日数も延びてしまうが……」

「は！　一切の費用はこちらでもたせていただきますので、どうぞごゆるりとウェグレイン王国にご滞在なさって欲しいというのが陛下の御心です」

「……分かった。では、お言葉に甘えさせてもらうよ」

ウェグレイン王国の伝令は、綺麗なバラトニア王国語で話した。国賓への伝令ということで、それなりに地位の高い人間が寄越されたのかもしれない。

彼の先導によって、私たちは馬車と護衛の騎兵と共にポレイニア王国をそのまま抜けて、ウェグレイン王国に向うことになった。

◇◇◇

道はそう複雑じゃない。一度バラトニア王国に戻って移動する予定だったのは、1ヶ月の長旅なので休憩の意味もあったのだが、それを推してもウェグレイン王国の国王陛下が急いで呼び寄せる理由が分からない。

私は嫌な予感を抱えながら、ウェグレイン王国の伝令によって用意されていた栄えた街の宿屋の窓辺に座っていた。

「浮かない顔だな。まぁ、俺もあまりいいニュースを持って来たとは言えないんだけどさ」

そこに唐突に窓の外から声が掛かった。ここは中庭に面した窓で、ポレイニア王国は平屋建てである。

姿が見えなくて驚いたが、窓から少し身を乗り出すと、窓の外に『仕事着』を着たガーシュがいた。

「一体何が……？」

「ビアンカ皇女殿下のことだよ。——軽く見張っていただけだったのもあるが、すまない、消息不明だ」

「?!」

姉のビアンカが消息不明、と聞いて私は声をあげそうになるのを両手で口を塞いで堪えた。

「……一体、どういうこと？」

「いかにも病床に臥せっている、という体を取っているが、フェイトナム帝国のどこにもビアンカ皇女はいない。それだけは確かだが、それまでの間に怪しい動きがあれば俺に報告があがっている。何せ、バラトニアに居た間者はフェイトナム帝国で殺されないか、は常に見張っていたんでね。——だが、ビアンカ皇女が行方をくらますというのは予想してなかった。お陰で時間もかかったし、消息不明で何が起こったのかが分からない」

私の狭い世界の中では、影のネイジアが見せた片りんからして、この大陸で一番情報に精通していると思っている。

ビアンカに対してそこまで目を向けていなかったのは当然でもある。私の姉妹がどういう動きをしようと、それは必ず華々しい何かであったはずだ。ないしは、本当に社交もできないほどの体調不良で病に臥せっているなら私に連絡を寄越さないというのはあり得ない。それは、政治的な判断でそう言い切れる。

病に臥せっているフリをして、ビアンカがどこに消えたのか。私はじっと考えたが、今の所ビアンカが嫁いで首根っ子を押えるべき属国の存在はなく、国内の貴族の情勢としても、税があがったにしても重税を掛けているという話は入ってきていない。それを取り持つ必要もないはずだ。

ビアンカの……フェイトナム帝国の側の思考に立たなければいけない。私はガーシュが側にいる状態で、黙ったまま考え込んだ。

税率が上がったのは、国内の食糧の生産が人口に間に合っていないからだ。さらには、バラトニア王国という大穀倉地帯から『取り上げて』いた分を『買い付ける』ことになった。人は食べなければ死ぬのだから、その取引をやめはしないが、正当な価格で取引している。

そのほかの交易品にも、正当な関税が掛けられるようになった。医療書や医者を迎えることにしても、書物にだってちゃんとバラトニアは税を払い買い付けている。そこに不平等はない。

だが、今まで自国の生産と変わらず手に入れていた食糧に関して、属国から独立したことで、フェイトナム帝国の国庫が圧迫されているのは明白だ。

「……ねぇ、ガーシュ」

「ええ、俺も同じことを考えていると思いますよ」

私が震える声で呼びかけただけで、ガーシュは何が言いたいか分かったのだろう。心底不機嫌そうな声が返ってきた。

「フェイトナム帝国からバラトニア王国に嫁いだとはいえ、私の祖国はフェイトナム帝国なことは、変わりないわね……」

「そうなりますね」

「その私が、新婚旅行中に……亡くなったとしたら？」

ガーシュにしては珍しく不機嫌そうな舌打ちが返ってくる。

「当然、責任は新婚旅行に行かせたバラトニアにあります。あからさまに殺そうとしてきた時に、温情を掛けてしまったのがまずかった。それから、気付きもしてなかったクレア様の有能さに気付かせてしまったことも」

つまり、私が旅行中に死ぬことで、フェイトナム帝国は自国の皇女を粗雑に扱ったと無理矢理にでもこじつけて開戦できる、ということだ。

バラトニア王国は各国との食糧の交易があるが、極冬に対して食糧支援をしたばかりだ。糧食の蓄えはそこまでないし、今はまだ収穫の時期でもない。また、改革にお金を使っているために、そこまで貴族に兵を出せる程の国庫の余裕もない。

フェイトナム帝国そのものを遠ざけられたからと安心していた。全く、私は迂闊で嫌になる。

「私なら……、いえ、フェイトナム皇帝ならば、自分の娘を、ちょうどいいウェグレイン王国に嫁がせるわ。宗教について私が浅学だったばっかりに、その予想を立てていなかったのは本当に嫌になるわね……」

「そこは俺もです。何が何でも止めるべきだった。……今頃はもう、とっくにビアンカ皇女はウェグレイン王国の王妃の立場を手に入れているでしょう。あそこの国王は独身だ」

「……そして、国を挙げて、古いリーナ教を信奉している……、妻にリーナ女神の濃い血を正統に迎えた裏で、私という濃い血を生贄に捧げる……、バラトニアを挟み撃ちにもできるわね」

「……予測でしかありませんが、まぁそれが一番考えられる線ですね。フェイトナム帝国側から戦争を起こす正当な理由としては、バラトニア王国側の落ち度でクレア様が死ぬ、これにつきる」

「国内の不審死ならば、バラトニアの貴族か王室にやはりフェイトナム帝国憎しという思想があり、というこじつけが利く。新婚旅行先で死ぬのなら、バラトニア王国は私を粗雑に扱ったとしてウェグレイン王国まで巻き込んで挟撃できる。……簡単なのは前者、戦争で確実に勝つならば後者ね」

ガーシュはイライラとしたようすで頭巾の上から頭をかいた。

「その簡単な方は、実は俺らが勝手に処理してたんですよ。懲りないんでね、報告をあげたところでクレア様を怖がらせるだけだ。くそ……裏目に出たか。とはいえ、クレア様を殺させるという選択肢は俺らネイジアにもない」

「……つまり、簡単な方は試したから、こんな大掛かりなことをして私を殺そうとしている……そして、戦争を起こして確実に勝とうとしている。ウェグレイン王国を巻き込んで」

ビアンカの入れ知恵ならば、私を長くウェグレイン王国に滞在させるつもりで親書を出させるのも簡単だろう。

私は『淑女教育の敗北』だが、ビアンカはその正反対だ。まさに『完成された淑女』である。

男性を言葉や表情で手玉に取るのは簡単だ。それが、信奉している神の濃い血を引いていると信じられている国の国王に嫁いだのだとしたら……。

「ガーシュ、私、絶対に死ぬわけにはいかないの」

「もちろんです。最優先順位者をネイジアも殺させはしません。——兄としても絶対に」

自分が死ぬ可能性に対して、私は恐怖だけを抱いていた。

けれど、こうなってくると話は違う。自分が死んだら、今、バルク卿が言っていたように歩き方を覚えたバラトニア王国という国が戦争に巻き込まれ、また足を止めてしまう。

今度は属国では済まないかもしれない。隷属させられ、奴隷のように扱われ、国名も歴史も何もかも燃やされ、全てが白紙になる。

「バラトニア王国は私の国だもの。私が、殺されることで国まで道連れにするわけにはいかない」

恐怖よりも先に、守らなければという気持ちが沸々とわいてくる。

自分の命を守ることが、自分の国を守ることになるのなら、私はどれだけ不自由な思いをしてもいい。全力で自分の身を守る。

「この報告はアグリア殿下にも俺の方から上げておきます。……そこから表向きをどう守るかは、アグリア殿下の判断になるでしょうが、そこは信じてますんでね」

「ええ、絶対に悪いようにはしないと信じているわ。あと、ポレイニア王国を抜けるまではそこまで警戒しなくてもいいでしょうね」

「俺もそう思いますよ。伝令がポレイニア王国に入国した記録が残っている。無事にウェグレイン王国に招くまで、下手な真似をすればかえって正義はバラトニアにあり、と見なされる。その時動くのは、極冬、それに……ネイジア、ポレイニア王国も兵を出すでしょう。属国からも非道な真似をしたとして離反される可能性が高い。そんなことをしなくても、……あと2日もすればウェグレイン王国だ」

　馬車で荷物と護衛もついている。隣接している国とはいえ、それなりに時間がかかるものだ。ましてや、こうして貴人として扱われているのだから、強行軍で連れて行かれる、ということがないことだけは救いだろう。

　しかし、安心できるのはあと2日。その間に、考えられる限りの手を打たなければいけない。

「まずは、ビアンカが嫁いだかどうかの確証を得てちょうだい。それから、ウェグレイン王国の国王と……教皇について調べて。なるべく早く」

「畏まりました。……まぁ、もう始めてはいるんですがね。厄介なんですよ、神を一番に掲げている国というのは」

　私がガーシュに命じたことなど、もうとっくに始めているだろうとは思ったけれど、それにしてもいい返事ではない。

「何せ『善行を積んでいる』と思っていますからね。政治的な判断だとか、その先にどういった結果が待っているのか、どういう風に大局が動くのかを考えていない。全ては神の思し召し、って具合だ。ビアンカ皇女が本当に嫁いでいるのだとしたら、もはやビアンカ皇女の傀儡と思って間違いない。しかも、その皇女……いや、王妃というべきか。それとも、女神の化身とでもいうべきですかね。とにかく、彼女を守るためなら何でもする。善行なんでね。……ウェグレイン王国はそこまで貴族からの依頼が多い国じゃなかった。ネイジアも握っている情報が少ない国だ。

……あんまりそっちに探りを入れる手を使うよりは、クレア様の護衛に人数を割こうと思いますよ」

ガーシュの言葉に、私は全く価値観の違う『敵地』に乗り込むことになるのだと意識を改めなければならなかった。

イーリャンはまだ優しい方だった。許容だけを求める。そして、それを示したことで側にいて守ってくれる。それほど宗教というものは、その個人にとって大事なものだ。

妄信というべき程信じているのなら、その大事なもののためならば何でもするのだろう。

「同じ濃い女神の血なのにね、私は結局祖国からも生贄に出されるし、旅先でも生贄にされるのね。なんだか悲しくなるわ」

「……それはどうでしょうね」

「え？」

ガーシュが面白そうに笑って、いつもの調子で悪戯っぽく返してくる。

「ビアンカ皇女がやってるのは、結局リーナ神という虎の威を借る狐のような真似です。対してクレア様がやってることは……あなたが重ねてきた知識と、思考によって形作られた性質、他人のために尽くすというあなたの性格であり、美徳だ。献身、というんじゃないんでしょうかね、それは。俺は少なくとも、フェイトナム帝国の他の皇女がバラトニアに嫁いだとしても、生贄以

上の価値は何もなかったと思いますが、クレア様なら話は別だ。少なくとも、ネイジアは味方に付かなかったし、ネイジアがいなかったということは極冬が攻め込んできていたということにもなる。何より……」

意味深長にガーシュが言葉を切ったので、私は身を乗り出して続きを待った。

「バラトニアはあなたの国。そう思っているのは、あなただけじゃないんですよ。ネイジアも含めて、バラトニア王国であなたと接したことがある人は、そう思っていると思いますよ」

じゃ、行きます。とガーシュは言って屋根の上に一息に飛び上がっていった。

バラトニア王国は私の国。私の自意識だけじゃなく、周りからもそう思われている。

ならば、私はより一層バラトニア王国に献身しよう。自分の命を守ること、私にできるのはそれだけで、1人ではそれが難しい。

周りの……少なくとも今ついて来てくれている人たちは、私を想ってくれている。帰りを待ってくれている人たちもだ。

絶対に死なない。それを目標に、私は安心して休めるうちに休もうと、窓を閉めてベッドに戻った。

◇◇◇

ウェグレイン王国には、予想通り翌々日には到着した。首都までは、国に入ればそんなにかからないらしい。

最初は長閑な牧草地帯や穀倉地帯の合間に街や集落が見えていたが、首都は堅牢な石の壁で囲われていて、私は窓からその風景を見て少しだけ息を呑んだ。

フェイトナム帝国は国全体がこんな雰囲気で、長閑さのかけらもない。その代わり技術の発展と識字率は高く、そして貧富の差は大きい。

食糧を作っている土地なんてほんのわずかで、堅牢で背の高い建物の中に、いくつもの家族が暮らしているような街だ。

高い壁の中に伝令の案内ですんなりと入ると、やはり予想通り、フェイトナム帝国に似た雰囲気の街並みが広がっていた。

堅牢で、暗くて、革新的で、そして細い路地には人が倒れていたりもする。

王城は首都の入り口から一番遠い所にあるらしく、石畳が敷かれた道に、街灯が立ち並ぶ大通りをゆっくり通り過ぎながら、市井を抜け、２枚目の壁を潜り、そこから先は貴族街……というのも一緒だ。

ただ、少し違うのは、街中にあった教会がそこまで豪奢ではなく、貴族街にある教会も控えめで、広い庭付きの屋敷が立ち並ぶ中に荘厳な建物が混ざっているといった所だろうか。

フェイトナム帝国の貴族街の教会は酷いもので、白塗りの壁に青い屋根、金に塗られた柱、飴色に磨かれた巨大な扉という、どこの王城だろうという造りだった。

その中にいる司祭や司教、教皇に至っては、本当に金ぴかに飾り付けた豚のようだった。

私の性格が悪いのもあるのだろうけれど、二枚舌でお父様にこびへつらい、お布施の少ない市井の民に施しはなく、形だけ泊める場所も……酷いものだ。雑魚寝ならまだしも、部屋にロープを張ってぶら下がるようにして寝かせる部屋があるだけで。

それでも、利用者が絶えなかったのは、雨風を凌ぐ壁と屋根があるだけマシだったのかもしれない。

炊き出しは塩味がほんのりするような粥や、酷い時には野菜くずを煮たものだけ。

そういう所を、私は王宮の中から見てきた。時には視察という名目で連れていかれて、皇室の仕事として見て回った。その時の、貧しい人たちの姿を見て、私は何を思っていただろう。

……フェイトナム帝国に居た時の私は、それを考える余裕も、権利もなかったのだと改めて思い知る。

考えても何も採用されない。女として価値のない私には、何も発言権などない。

バラトニア王国は本当にいい国だ。貧富の差、というものはあるにはあるが、国全体でお腹いっぱい食べられるからか、互助作用が働いている。

どちらの国がいい、という話ではない。ただ、私から見たときには、どうしてもバラトニア王国の方がいい国に思える。

国土は広い。食い詰めるようなら、いくらでも酪農の仕事もあるし、各地の役所、王宮での下働きもいくらでも働き口がある。今はもっと増えているだろう。養蚕に、製紙工房、活版印刷の印刷所に、そのための金属加工。

フェイトナム帝国は医療技術が進んでいる。研究も怠らず、公衆衛生にも気を配っている。おかげで、人口は増えるばかりだが、国土は一緒には増えてくれないのだ。

だからこそ、生まれた家によっては、ずっと貧困にあえぐことになる。物を学ぶにも、教会ですら経典を読み聞かせて教えるのにお布施を取るのだから、限られた人だけが富むことができる。

「クレア？」

そんなことをぼうっと窓の外を見ながら思い出していたが、アグリア様に声を掛けられてはっとした。

馬車の中にいるのは、ウェグレイン王国で何が起こっているのか、何が起ころうとしているのかをアグリア様が説明した私の味方ばかりだ。

イーリャンも、メリッサもグェンナも、アグリア様同様、私を心配そうに見つめている。

（なんて頼もしいのかしら……）

祖国での孤独を考えれば、今この時、私を身分のために義務で守るのではなく、心から心配して守ろうとしてくれている人たちに囲まれている。なんなら、馬車を操っているガーシュだって言葉にして守ると言ってくれたのだ。

私はなんだか胸が苦しくなって、外出着のドレスの胸元に手を当ててぎゅっと握り締めた。

握り締めた服の下には、今日の前で微笑みながらもこちらを気遣う夕陽色の瞳と同じ色の石が提げられている。

「ありがとうございます。少し……フェイトナム帝国に似ていたので、考え込んでいました」

「そう？　そんなに似てるかな」

懐疑的な声を上げたアグリア様に、私は首を傾げた。

「私の目には、無理矢理堅牢な町を造って見せているように映るよ。フェイトナム帝国は、技術に国土が追い付かないから……属国を常に求めて移民させたりしているんだろうけれど」

属国、という言葉にイーリャンが少しだけ表情を強張らせるが、嘆息して言い添えた。

「そうですね……、ここは、なんというか。ハリボテの国、というように私の目にも映ります。何を隠しているのかは、言及はしませんが」

「何を隠していてもかまいません。クレア様のお側からは私もグェンナも離れません」

「そうですよ！　何があっても私とメリッサがお側にいますからね」

メリッサとグェンナも力強く言い添えてくれる。

なんだか強張ってしまっていた心が、優しく解れていくような感覚だった。こみあげてくる熱いものは、今は涙として流さないでおきたい。

その分、私はへたくそに笑ってみせた。きっとバラトニア王国に来てから、少しは上手になっただろうけれど、今はこの温かさに笑顔で応えたい。

「ありがとう、皆。アグリア様……、私、強くあります。どんな時でも笑っていられるように」

「うん。君の笑顔を守るために、私も、皆も頑張るからね。笑えなくなりそうだったら、こうやって隠してあげよう」

そう言って、隣に座っているのをいいことに、アグリア様は私を胸元に抱き込んでしまった。慌てて肩を押して離れたが、顔が真っ赤になっているのは隠しようがない。

王室にいればそういう触れ合いの兆しがあるまで侍女の目があるのは当たり前にしても、真昼間の、馬車の中でこんな大胆なことをされたら心臓が別の意味で痛くなってしまう。

「アグリア様！」

「ふふ、ごめんごめん」

すぐに解放してくれたけれど、イーリャンの呆れたような溜息、メリッサの咳払いと、グェンナの仕方ないですねぇという声に、私の緊張はすっかり解けてしまった。

それでも、今から踏み入れる王宮は『敵地』である。予想では……まだ確証はつかめていないとガーシュからは聞いているけれど……ここに、ビアンカがいる。王妃として。

どんな歓待を受けることになるのか分からない。けれど、私は絶対に死んでなんてあげる気はない。もう、仕方ない、と諦めるのはやめた。

私が私自身の命が惜しくなったのもあるけれど、今は心から愛する自分の国と、周りの人たちのために。

『淑女教育の敗北』で『完成された淑女』に勝つのは難しいけれど、私に与えられていたもう1つの名前……『生ける知識の人』を胸に、私は抗ってみせる。

もう、あの冷たく広い孤独な王宮で貶められていた私ではないのだから。

7　思わぬ再会

伝令に案内されるまま、私たちの馬車はウェグレイン王国の王城の前に付けられた。

国土が狭いからか、ここも首都の壁の周りに大きな堀があり、巨大な門に跳ね橋という造りで壁の中に入ったが、王宮は地続きで、その代わり飾りのついた鉄柵が緑の庭を覆っていた。

庭は灌木で区切られており、王宮の入り口に辿り着くまで迷路のような道を通る形になった。

城門からエントランスまで素直には辿り着けないようになっているのが、なんだか外を警戒しているように見える。この庭は、見る人を楽しませる庭というより、機能性に重きを置いているようだった。

馬車を降りると、私とアグリア様、イーリャンと、お土産の品を持ったメリッサとグェンナが後をついて早速国王陛下への謁見となった。

今日から1週間程はここに滞在する。本来ならガーシュたちの仕掛けで3日程の予定だったが、1週間になったのは、……この王宮から感じる圧で本能的に理解してしまう……ビアンカのせいだ。

もうとっくにこの場を支配しているのだと分かる。エントランスに飾られる花の趣味も、家具も、燭台も真新しい。

また緊張した顔になってしまっていた私に、アグリア様がすっと腕を差しだしてくる。

その腕に手を置いて見上げると、微笑みが返ってきた。私も微笑み返すと、執事に案内されてウェグレイン国王の元へと向った。謁見室は、エントランスからすぐ近くにあるという。

サロンや応接間ではなく謁見室に案内する辺りが、ウェグレイン国王がこちらをどう見ているのかが透けて見える。

謁見室を警備する門兵が扉を開き、赤い絨毯の先には十段程の階段があり、高い位置に飾り付けられた巨大な玉座があり、そこに座っているのがウェグレイン国王だと一目で分かる。

壁際には使用人と侍女が、絨毯の横には貴族が整然と並び、全員に品定めされるように見られているのが分かりながら、私とアグリア様、その3歩後ろをイーリャン、さらに後ろをメリッサとグェンナがついてくる。

階段よりだいぶ離れた場所で、私とアグリア様が膝を折り、後ろの3人が膝をついて頭を垂れたのが分かった。

「面を上げよ。よく来た、バラトニア王太子、王太子妃。我のワガママで旅程を早めたことをまずは詫び、心からの歓迎を示そう」

私とアグリア様が折った膝を戻して立ち上がり、見上げた先に居たのは……元は造りがいいのだろうに、無駄な脂肪がついてなんとなくだらしない印象の顔立ちと体つきの男性だった。どうやらちゃんと国王として崇められているようではあった。

声に威厳はあるし、彼の言葉で整然と並んでいた貴族たちが一斉に拍手をする。

ただ、見上げた顔にはこちらを下に見ているというのがありありと書いてあり、底の浅さを感じさせる。若い国王ではあるから、それも仕方ないのかもしれないけれど、その目には権力以上に、何かに狂おしい程心酔しているような色が見て取れた。

「我が許す。発言せよ」

「は、ありがとうございます。妻と違って私は浅学なため、イーリャンが訳すことをまずはお許しください」

アグリア様の堂々とした挨拶はフェイトナム帝国語だ。それをイーリャンが、似た言語ではあるけれどウェグレイン王国語に訳して伝えると、よい、と短く国王は返事をした。

「まずは、新婚旅行としての訪問のお許しをありがとうございます。こちら、シナプスの一級品の宝飾品です。土産としてお持ちしましたので、どうかお納めください」

アグリア様の言葉に続いて、丁寧な仕草でグェンナが進み出て、私に箱を渡してきた。

私の手で蓋を開けて見せてから、進み出てきた最前列にいた貴族が箱を受け取り、階段の端をあがってウェグレイン国王に品を見せる。目を見開いて驚いたのがよく見えた。

「これはこれは……、大層な物をいただきましたな。さて、ここにいる我が国の上位貴族と一部の使用人は知っていることなのですが、先日我も結婚しましてな。妻がきっと喜ぶだろう」

私は精々驚いた顔をしてから、笑顔で淑女の礼をした。

「それはおめでとうございます。ウェグレイン王国のますますの繁栄と、末永い幸せをここに願わせていただきます」

「おめでとうございます、ウェグレイン国王陛下」

私とアグリア様は微笑んで祝福する裏で、やはり、という確信を得た。

ここに、ビアンカがいる。

「バラトニアの王太子と王太子妃のお2人にもご紹介しよう。——おいで」

そう言ってウェグレイン国王が呼び寄せたのは、やはり、という人物と、もう1人、心底驚く人がいた。

それを顔に出すアグリア様と私ではない。イーリャンは分からないことだが、メリッサとグェンナも一瞬反応しかけて頭を垂れることで堪えたようだった。

「妻のビアンカだ。ウェグレイン王国王妃であり、リーナ神の血を継ぐ……王太子妃にとっては実の姉妹であろう。観光の合間にでも一緒にお茶をするといい」

「初めまして、バラトニア王国王太子殿下。そして、久しぶりね、クレア。結婚おめでとう、と私からも返しておくわ」

華々しく美しいドレスに、ルビーの瞳、綺麗に巻いた金髪にティアラを載せ、装飾品を身に付けたビアンカは、確かに身も凍る程美しい。久しぶりに声を聞いたが、私に対して毒があるのは変わりないようだった。

けれど、今の私はそれ以上に動揺している。

ビアンカの後ろに控えている、貴人の侍女として、控えめながらドレスを着て無表情にこちらを見ている……ミリーの姿に。

「お美しいウェグレイン王国王妃殿下に、改めて結婚のお祝いを申し上げます」

いち早く立ち直ったのはアグリア様だった。私は言葉に合わせてさらに深く頭を下げるだけだ。

「ありがとうございます、バラトニア王国王太子殿下。新婚旅行、どうぞ楽しんでくださいませ。それと、大変素敵なお土産をありがとう、大事に『使わせて』いただくわ」

使うのは恐れ多いとすら思うような宝飾品を土産にしたのを分かっていて、これは実用品として扱う、と宣言してみせる。

この自意識の高さは、王族には必要なものではあるけれど、ここまであからさまに（ウェグレイン国王は元より下に見ているのは態度からして明らかだが）馬鹿にしてくる。そして、夫であり最高権力者であるウェグレイン国王はビアンカのその態度を窘《たしな》めない。

というよりも、国賓に対する態度として、2人とも大変失礼な態度をしているのに国王は無意識で、ビアンカは意識的に、隠そうともしていない。

殺される、とかの前に、私はこの国の滞在は楽しいものにはなりそうにないと確信した。

そして、ミリーの存在がここにあることに、向けてきた無表情な瞳の冷たさに、頭の中は混乱でいっぱいだった。

◇◇◇

「では、皆さんをご滞在いただくお部屋に案内させていただきます」

謁見が終わり、国王とビアンカが先に私設部分に落ち着いた後、そう声を掛けてきたのはお土産の品を渡した、国王よりは年嵩だが整った顔立ちの若い男性だった。

「申し遅れました。バラトニア王国王太子殿下、王太子妃殿下。本日より国内の案内を務めるよう仰せつかっております。ウェグレイン王国の公爵位を戴いている、トレイン・ウォーグと申します」

微笑を浮かべたまま、右手を腹に添えて深く頭を下げる丁寧な礼をする。

金髪のウェーブがかった髪をお洒落に半分だけ後ろに流していて、引き締まった体軀で背も高い。自分たちより年嵩なのは見れば分かるが、大体バルク卿と同じ位の年齢だろう。

国王よりもよっぽど客人の扱いを分かっている。この人は、たぶん宗教にそこまで執心していない。挨拶や仕草、表情からうかがえるのは、政治的な欲求だ。

これはこれで癖が強いのを感じるが、表向きは下手に出てくれている。社交としてもやりやすいのは、こういった態度だ。

「ありがとう、ウォーグ卿。しかし、王妃殿下のことは驚きました。隣国ながら、いつの間に輿入れされたのでしょう？　祝いそびれてしまいました」

「えぇ、私も姉が嫁ぐという話は聞いていなかったので……再会して驚きましたわ。まさか、ウェグレイン王国の王妃殿下になられているとは。姉とはいえ、気軽には話しかけられませんわね」

アグリア様と私の言葉に、かかと笑ってウォーグ卿は応えた。

「この国はリーナ教を信じている者が多い……国教としておりますので、国民全てがリーナ教の信者といって間違いありません。もちろんこの私もです。そのリーナ教の総本山であるフェイトナム帝国からの輿入れとなれば、大々的に迎え入れ3日3晩の祭になることでしょう。ですが、そうなりますとそれ相応の準備も必要になります。国を挙げての行事となるでしょうからね。なので、今は上位貴族と教皇のみが知っております。教皇は既に、結婚誓約書を認めて教会に納ましたので、ちゃんと国王陛下と王妃様ですよ。いずれ盛大に披露宴を行う予定ではありますので、その際はまたお招きさせていただければと思います」

淀みない言葉に嘘はなさそうだが、却ってそんな日は来ない、と言われているような気持ちにさせられる。

明確な日付は言わず、同じリーナ教の総本山から他国に嫁いだ私に対して、ビアンカ程の敬意を払われていないせいだと気付いたのは、王宮の２階にある来賓用の部屋に案内された後だった。

◇◇◇

「びっくりしたわね……なんでミリーが」

私たちは王宮の東棟をまるっと借りて滞在中は過ごしてくれていいと言われた。

陛下たちとは帰りにまた謁見の予定があるが、それまで晩餐などもここのダイニングで、１階はついて来た下働きの者たちが個室を与えられ、仕事に当たる。

また、１階の書斎にウォーグ卿は控えているので観光に行きたい時は声を掛けて欲しいということだった。

私とアグリア様は同じ寝室を与えられ、２階にはサロンもあり、たった今謁見を済ませた私たちはサロンに集まってメリッサが淹れてくれたお茶と、イーリャンの毒見（なんでも、多少の毒は効かないというのも修行の一環らしい）で安全だとされた用意されていた焼き菓子を片手に、疲れた体をソファに落ち着けて話をしていた。

今は主従も何もない。とにかく、移動の疲れと、あの上から圧をかけてくるような国王夫妻に疲れているので、皆でお茶をしている。

「ミリー、とは……どなたです？」

「メリッサとグェンナと一緒に侍女をしてくれていたの。――フェイトナム皇帝が私を殺そうと裏で操っていた刺客でもある」

私の説明にイーリャンが片眉をあげた。何故それで生きているのか、と言いたげだ。

「生きているのは知っていたけれど……それと引き換えにフェイトナム皇帝たちを国に帰したのだから。でも、何故……ビアンカ王妃の側付きに？」

「能力としては申し分ない。近くに置いておけば護衛もこなしてくれる。この国に嫁ぐ時に、ミリーが自由を願ってビアンカ王妃に取り入ったのなら納得がいくわ」

「失礼ですが、護衛が務まるとは？」

イーリャンにはいっそ頭から全て話してしまった方がいいかもしれない。

メリッサとグェンナが目を見合わせて戸惑っているので、２人に説明を任せた。

「クレア様がお輿入れとなった経過はイーリャン様もご理解されているかと思います」

「国民の間で、また、王室の方々や主たる貴族や役人の方々は好意的にクレア様を迎えましたが、中には面白くない……もっと言えば、憎んでいる人もいるはずだと、王室の方々は考えまして」

メリッサの言葉に、イーリャンが多少居心地が悪そうに目を逸らして咳払いする。

「クレア様のお側付きの中でも、私とメリッサ、そして……ウェグレイン王国王妃様のお側付きとして現れたのが、その時一緒にお側付きをしていたミリーです。私たち３人は１年間の訓練を経て、暗器と護身術の心得が御座います」

「お輿入れまで1年間でしたので、もとより体力と運動神経がいい人間が選ばれたのですが……ミリーは流行り病……アレルギーでお母様を、戦争でお父様を亡くしていました。なので、その……一度、フェイトナム帝国側の刺客としてクレア様に毒を盛ったり、弱った所を暗器で殺そうとしたのです」

「は？」

イーリャンはここで初めて目と口を丸くして、何を言われているのか分からない、という風に声を発した。

「クレア様はミリーや、フェイトナム帝国側の間者に対して、全ての糸を引いてクレア様を亡き者にして再度の戦争を起こそうとしたフェイトナム皇帝に対し、無事に身柄をお国に返される見返りに彼らの生命の保証……もっと言えば、温情をかけてできるだけフェイトナム帝国で仕事につき普通に生活できるように、として追い返したのですが」

「貴女は頭の中に砂糖菓子でも詰まっていらっしゃるんですか？」

そこまで聞いたイーリャンが、私に向って怒りの表情で不敬罪にもあたりそうなことを言って来たが、そこは私としてはどうしても譲れない所でもあったので曖昧に笑っておいた。

戦争を起こすきっかけになった宗主国の第二皇女という立場で、祖国に再度の戦争の道具にされそうになったことに悲しみは覚えても、ミリーのような存在に対して私は憎む気持ちは何もない。

私はその戦争の最中、平和な場所で、ご飯を食べ、家族が欠けることもなく、宗主国の皇女としてぬくぬくと過ごしたのだ。元より、嫁に出されたときに自分の命を道具に戦争を起こされないようにしよう、というのが第一目標だったくらいで。

けれど、それを理解されようとは思わない。甘いと言われても、何でもいい。

私がそうしたかった。それに尽きる。

「イーリャン様、お口が過ぎます。……ということで、最終的にフェイトナム帝国側に引き取られたのですが、まさかここで再会するとは思わなかった、ということです」

改めてメリッサとグェンナの立場で話を聞くと、今なら確かに私の頭の中には砂糖菓子が詰まっているのかもしれない、と思う。

ただ、そこに後悔はない。この形での再会では、話す機会を持つのは難しいかもしれないけれど、メリッサとグェンナとしても、今のミリーと何を話せばいいか分からないだろうし。

そして、何より招かれない限り、私はビアンカと顔を合わせるのもお茶をするのも御免だった。女神の血として王室にビアンカが入ったのなら、私は生贄を免れる可能性もある。が、まだ殆ど極秘事項……身分の高い方ほど秘密を抱えていることを誇りに思うものだ、まして、国教に関することとなれば……ということは、生贄を捧げリーナ女神に最大の敬意を払ってからの発表になるのかもしれない。

なんだかその可能性がとても高くて嫌になる。ビアンカの考えていることは……正直、私には推測はできても読むことはできない。思考回路が全く違うのだから、あくまでフェイトナム帝国の利となる形、という意味でしか推測が及ばないのだ。

ビアンカの動きが読めない限り、私は招待を受ければ一緒にお茶をしなければならないし、その時が一番危ないことになるだろう。

「アグリア様、私がもしお茶に呼ばれるとしたらビアンカ王妃と2人きりになる可能性が高いです」

「そうだね。……ということは、その隙間がない程、観光の予定でも詰めるかい？　まぁ、優先されるのは王妃からの招待になるだろうけれど」

「できるだけ……、できることはしたいと思いますので」

ウェグレイン王国滞在時の方針は決まった。

まず、できるだけ国内の観光に精を出すこと。そのために予定を詰めてできるだけ王城と……できれば王都を離れること。

そのためにはウォーグ卿の協力が必要だ。観光するには案内という見張りがつくのは仕方がない。他国の客人に、勝手に国の中を見て回っていいですよ、なんてことはどの国であろうとあり得ない。バラトニア王国だってそうはさせない。

「お邪魔しますね」

そう言って窓を外から開けて入ってきたのはガーシュだった。

ここは他国の城の2階である。どうしてここに集まっているのが分かったのかは理解できないが、今の彼はちょっとした貴族のような格好だ。刺繍で重たいだろうに、まるでそれを感じさせない服装と、髪型や立ち居振る舞いで、夜会で見かけたら溶け込みすぎて分からないかもしれない。

イーリャンだけは、誰だこの男、という顔をしているが、ポレイニア王国で散々顔を合わせていたのに、イーリャンの記憶に引っかからないあたり、印象が違うのだろう。

私はイーリャンへの説明は後回しにして、早口にガーシュに言い募った。

「ガーシュ。……ビアンカがいたわ。王妃として」

「ええ、全く厄介なことになりました。そして、今たてていただいた作戦ですが、それはやめておいてもらえますか？」

困ったように笑ってガーシュは首を傾げた。

その理由を聞くのがとても怖いが、聞かないことには話は先に進まない。

「……何故？」

声が震えた自覚がある。それでも、他の誰も口を挟まないので、ガーシュは窓を閉め、こちらに近寄って全員に顔を寄せるように仕草で示した。

窓の外にいても部屋の外の物音すら聞き分けるガーシュである。中の会話は全て聞いていたのだろう。そして、彼は影のネイジアの部族長でもある。

私たちが掴んでいない情報も掴んだはずだ。

「1つは、王宮に……せめて首都ですね。に、いてもらった方が護りやすい。見たでしょう？　首都以外は長閑な田園ばかりだ。あぁなると、さり気なく側にいるというのが難しい。高い木立があるわけでもないですからね」

その理由には納得がいったので、ほっと息を吐いて胸を押えた。

「そしてもう1つ……、あの案内役のウォーグ卿はウェグレイン国王ではなく、ビアンカ王妃とグルです。クレア様を狙っている。下手に接触して隙を作るのはやめて欲しい」

私は驚いて目を見開いた。ガーシュは表情は変えないまま、目の色だけは真剣に私をまっすぐ見詰めて話を続けた。

「国王陛下は……まぁ、謁見して分かったかと思いますが、えぇ……適当な言葉が見つからないのでそのまま言わせてもらいます。馬鹿です。感情的で、リーナ神に心酔している。教皇については今は一言だけ、狂信者と言い切りましょう。……そして、旅の前にも言いましたが」

「この国の王室、教皇、上位貴族は……生贄の儀式、を、信じて行っている……」

「そうです。今、国王の私生児はちょうど居ない。ウォーグ卿の奥方は『前年の生贄』を産んでますので、腹を休めているところです。他はちょうど、代替わり前なので子供が産める程若い貴族の女性がいない。さらにはビアンカ王妃という、一番濃い血を継ぐ子を産める若い女性が輿入れした。――ま、ビアンカ王妃はうまく逃げられると思っているでしょうが、そういう水準を超えてるんですよ、この国の狂信ぶりは」

ビアンカは私を首尾よく殺したら祖国に戻るつもりだろうけれど、きっとそれは無理だろうというのがガーシュの見解のようだった。

私は元よりビアンカをそこまで好きではないので、それを忠告してあげる気はないにしても、その未来を思うと少しばかり胸が痛んだ。

顔に出ていたのか、そんな私に向ってガーシュは首を横に振る。

「ビアンカ王妃はまぁ、この際まだマシと思っておいてください。――時間が掛かってしまってすみませんね。先に部下に入国させて田舎で経典を読ませておいたんですが……『生贄の儀式』の日取りが、ちょうど明後日なんですよ。だから入国を急がせた……、クレア様が危険なことは確定的。ビアンカ王妃が貴族の誰にも秘されていて結婚誓約書を教会に納めていないのなら、まだビアンカ王妃が生贄になる可能性もありましたが、首尾よくやられました」

あくまで私に対して殺される、とか、死ぬ、という言葉を使わないのはガーシュの気遣いだろうが、私は1人で座っていられなくなり、隣のアグリア様の肩に凭れ掛かった。

アグリア様はずっと、黙って話を聞いていた。今どんな顔をしているのか、私には顔をあげる気力も残っていない。

予測の範囲ならまだ耐えられたが、命を狙われるのが確定した、というのは思いのほか私にショックを与えたらしい。頭の中では、それじゃあ戦争になる、という考えと、死にたくない、という感情がせめぎ合って混ざり合い、他に何も考えられないでいる。

「それで、クレアを生贄に捧げることで……よりリーナ女神の加護を受けたとして華々しく婚姻の発表を行う、ということで合っているのかな？」

「ええ、なんせ今からじゃ今年の生贄は間に合いません。胸糞が悪い話ですが……持ち回りで何人か同時に子を儲けるんですよ。国王の私生児をね。残念ながら今年は全員流れてしまった、……そこにほいほいとフェイトナム帝国の第二皇女であるクレア様が新婚旅行にやってくる。そのうえ、正当に子を産むための別の皇女が輿入れしている。……クレア様の守りは厳重にしますが、くれぐれも首都から出ないように頼みます。長旅で疲れた、と言って部屋で臥せってくれると尚よろしい」

アグリア様の力強い手が、私の肩を強く握る。声を発することもできない。本当に臥せってしまいそうなほど、今の私には活力がない。

「その辺はうまくやろう。それで、ウォーグ卿がビアンカ王妃とグルというのはどういう意味だ？」

声が硬い。アグリア様は、今、ちゃんと笑っているのだろうか。それとも、そうじゃない違う顔をしているのだろうか。

「国王陛下は馬鹿ですが、ウォーグ卿……公爵は違う。現国王陛下の叔父にあたる方で、信も厚い。おかげでビアンカ王妃と早々に会話をする機会をまんまと得て、フェイトナム帝国側の思惑に乗って、上手く国王をビアンカ王妃と共に持ち上げクレア様を生贄に……戦争を始めようとしている。ウォーグ卿はビアンカ王妃の言いたいことを明確に理解し、しっかりとあなた方御一行の案内役に収まった。――やはり、臥せってもらいましょうか」

「クレア、気を確《しっか》りもって。君のことは、私たちが守る。だから、君が決めてくれ」

アグリア様が発した声は、優しいものだった。私は安心して、そっと胸に手を置き顔をあげた。微笑んでいる。アグリア様は、私が強くあると、周りがそのために助けてくれることを信じて頼むと言ったことを、尊重してくれている。

私は微笑み返すと、周りの皆に目を移した。

フェイトナム帝国ではずっと猫背だった背を、まっすぐに伸ばす。

「私はこれから、長旅と強行軍で疲労からくる病に臥せるわ。食事は慣れた味がいいとワガママを言うから、メリッサかグェンナが全て作って運んでちょうだい。ガーシュ、貴方のその恰好、王宮の中を歩き回るためでしょう？　ウォーグ卿の部下にももしかして変装できるのかしら？」

「もちろんです、王太子妃殿下」

「ならばそうして。貴方が御用聞きに来なければ私は応答しません。イーリャン」

「はい」

「貴方にとって苦痛なことかもしれないけれど、リーナ教について手に入れられる資料の全てを……理由は何でもいいわ、貴方が四神教の司祭で別の宗教について造詣を深めたいとか、なんでも……手に入れて持ってきて。夜の間に読むわ」

「畏まりました、王太子妃殿下」

アグリア様が最後に私を見る。自分は何をしたらいい？　とばかりに、微笑みの中に優しさを湛えた目で。

「お側に、ずっとお側にいてください、アグリア様」

「分かったよ、私はずっと、クレアの側にいて守ろう」

もとより顔を寄せ合っていたので、私は全員の顔を見回して頷いた。

「じゃあ、引き籠り作戦、決行よ」

情けない作戦名にその場にいた全員に呆れたような顔をされたが、これ以上ない明確な作戦名だと思う私は、特に何も言わなかった。

8　しかして、策謀は巡り

私が長旅に強行軍で臥せって3回目の夜を迎えようとしている。

明日にはいよいよ儀式の日で、今の所作戦はうまくいっている。

――ガーシュがどうして各国の要人に取り入ることができるのかは私とアグリア様の秘密だが、うまくウォーグ卿の部下に収まり御用聞きとして私に与えられた部屋の控えの間にいる。

アグリア様は別の部屋を与えられていたが、妻が臥せっているのに、と言って同じ部屋で寝泊まりしてくれていた。

もとより寝台は広いが、簡易ベッドが運び込まれ、そこで眠ってくれている。私が寝ている昼の間は起きていて、私が起きている夕方から夜まで仮眠をとり、その間はメリッサとグェンナが交代で側についていてくれている。

カーテンも、昼の日差しが厳しいからと遮光性の高いものに変えてもらった。

イーリャンが手に入れてくる資料……経典と、何をどうやったのかこれまでの『生贄の儀式』の記録まで……を夜に油皿を片手に私は読みつくした。

いよいよ今日がその日にあたる。儀式は常に夜中に行われるが、肝心の『どこで』が書いてない。

私は殆ど1人になっていないし、王宮に籠り切り。常に誰かが側についている状態だ。

今の所私を無理やり外に呼び出そうという人間はいない。それが、却って恐ろしかった。

(ちゃんと、合ってるのかしら……、私に何か見落としはない……?)

病に臥せっている、ということにしても、ちゃんと粥は食べているし、水分も摂っている。

さすがにガーシュも「ウェグレイン王国は依頼が少なかった」と言っていただけあって、この王宮の青写真までは持っていなかったようだ。今から手に入れるのも難しい、と首を横に振っていたので、最早これは、仕方がなかったと言える。

私が全くの1人になるタイミングというのは……お手洗いの中だけ。

用を足して水を流し、手を洗う水桶に手を入れ、手を拭いたところで、床が抜けた。

「え……」

足元がいきなり宙に浮く、というのは驚くには十分で、声を出すにはあまりに短い。

今は夕方に差し掛かる所で、部屋の中にはアグリア様がまだ起きて待っていてくれていて、確かメリッサもいたはずだった。グェンナは、私の夕飯を作りに厨房に向っている。

フェイトナム帝国の王宮も、バラトニア王国の王宮も、古い建物というのは秘された通路や抜け道、脱出口、その他にも仕掛けが様々あるものではあるが、まさか、と思った。

最初から全く、何も役になどたたなかった。部屋に案内された時点で、カーテンまで遮光性の高いものに替え、誰かが常に側にいたとしても、このタイミングだけはどうにかなるものではない。

と、私は宙に浮いた一瞬の間に考えると、そのまま滑らかな石の滑り台を白くゆったりとした寝間着姿のまま滑り落ちていった。

◇◇◇

ぼす、と落ちた先は、ふかふかの大きな丸い布団の上だった。

曲がりくねって落ちる速度を落としてあるにしても、怪我の一つもないのは助かったが、私は不安に押しつぶされそうになっている。

部屋のどこかで水滴が落ちる。滑り落ちていた長さからして、ここは王宮の地下だろうということは理解できた。

だが、圧倒的に灯りが足りない。天井を見上げれば落ちてきただろう穴が見えて、体が痛まなかったのは凝った通路とこの布団のお陰だろうと思った。

明らかに分厚く、落ちてくるのを受け止めるのだけが目的の布団だ。壁にいくつか燭台があるが、部屋の全景はうかがえない。

布団の周りの地面にも燭台が置かれているのか、辛うじて布団から近い所は見えるくらいだ。

この地下室が古くとも黴臭くはないことや、布団の手触りが清潔で埃が積もっていないことから、予めこれは仕込まれていたことだと理解できる。

歯噛みする思いだった。

万全を期していたつもりだったのに、まさか『ここまで』やるとは思わなかったのだ。

顔に血が上る。羞恥と怒りでだ。

（し、淑女の……お手洗いの後を狙うなんて……！　最低だわ……！）

そこに、コツコツ、という靴の音が聞こえてきた。

私は怒りでいっぱいだったものの、その足音にはびくりと身体を震わせる。

「あぁ、やっとお招きできました。リーナ女神の正当な血筋の御方」

現れたのは、老人。嗄《しわが》れ声だが、優しく深い響きを持つ声でもある。

布団のごく近くまで近寄ってきた老人は、多少腰が曲がっているが、立派な帽子と司祭の服を着ている。金ぴかな装飾はなく、まさに荘厳といった服装であり、薄暗い中で見る限り柔和な笑みを浮かべていた。

恐らく、彼が教皇だろうと目星がついた。そして、背筋がぞっとした。

この優しそうな老人は、一切殺意のようなものがない。悪意もない。なのに、私は彼が何人の赤ん坊を殺してきたのかを知っている。

生贄を神に捧げるのは教皇の仕事だと、イーリャンの集めてきた資料にも明確に書いてあった。そして、毎年、今日この日の深夜0時に、教皇によって命を奪われる。

「……ウェグレイン派の教皇様でいらっしゃる？」

「ええ、ええ。お見知りおきくださり光栄です、リーナ女神の正統な血筋の御方」

「やめて。私の名前はクレア、バラトニア王国の王太子妃です」

「人の世での俗名など名乗るのはおよしください。リーナ女神の正統な血筋の御方」

だめだ。話が通じない。

この老人は、リーナ女神に全てを捧げている。自分の心も、身体も、何かを見る目も、聞く耳すらも、何もかも。

ガーシュが狂信者だと言った意味がよく分かる。ここまで徹底的に自分をなくし、リーナ女神に全てを捧げているのならば、自分の手で命を奪うことにも何の躊躇いもないだろう。

「儀式までは時間がございます。リーナ女神の正統な血筋の御方は、リーナ女神の血を受け継ぐ御方とご姉妹だとお伺いしておりますので、今しばらくすればお顔を見せにいらっしゃるかと思いますよ」

「……いらないわ。私をアグリア様の元に帰して」

言う無駄を悟っていながらも、私は抗うしかなかった。精々大きな声を出したが、この部屋は余程広く、そして天井も含めて楕円形に作ってあるらしい。

声が大きければ大きいほど部屋の中に反響する。その代わり、反響した音は部屋の中を往復して外に出ない仕組みだ。応用音響工学という、建造物の研究書で読んだ造りだ。

私に舌打ちの習慣があったならしていただろう。これでは、部屋の中で音が往復するだけで、外に音が漏れていかない。いくら叫んでも無駄なようだった。

「どうか俗世のことは全てお忘れくださいさい。――お手伝いするための薬もございますが、飲まれますかな?」

「結構よ。……静かに、待つわ」

私の声は強張っていた。きっと、この狂信者の教皇には、私が静かにその時を待つ、と受け止められただろう。

しかし、そうではない。私が待つのは、助けだ。

私が部屋にいないことにはもうとっくに気付かれているはずだが、この部屋の造りだと外の音も何も入ってこない。

何をどう捜索してくれているかも分からない。

私は、自分の命が惜しい。自分のためでもあるし、戦争を引き起こすきっかけにしないためにも、惜しい。私の命に紐付いている全ての関係性が、惜しい。

だから、下手に抵抗はしない。無駄なことはせず、儀式の時間までに助けが来ることを……皆を、信じて待つ。

「そうですか。では、私は儀式のために準備がございますので、御前を失礼いたします。くれぐれも、どうかこの寝台の上から降りるような真似はなさいませんよう。身が焦げます故、血をお返しできなくなります」

そう言って、布団より少し離れた所に立っていた教皇は深く頭を下げ、来た時同様落ち着いたコツコツという足音を立てて去っていった。

身が焦げる、という意味が分からなかったので、とりあえず寝間着の袖についていたボタンを歯でちぎると、それを布団の外に投げて見た。

瞬間、寝台の周りには火が焚かれているだろうとは思っていたが、青い炎が立ち上ってボタンを炭にしてしまう。

布団は防火処理がされているのか、そんなことが起こっても焦げてもいない。

忌々しい、長年の因習によって、完全に全てが『生贄の儀式』に向くように設計されている。

他国の王城が改修された年代までは私の頭にも入っていない。それでも、フェイトナム帝国からウェグレイン王国に皇女が輿入れしたのは五百年は前の話のはずだ。

その後、リーナ教がフェイトナム帝国で国教に定められたのは更に二百年は後。

リーナ教の経典にある、リーナ女神は空の黒から生まれ落ちた白とも言われる。

産声が世界を大気で満たし、巨大なへその緒が大地となり、海ですすいだ夜の黒が世に遍《あまね》く満ちる様々な生命となり、祝福の歌が大地と海に緑を栄えさせた。

そして、夜を映す海へと還り、今なおこの世界を見守っている。

（教皇は何と言った……？　私のことを、リーナ女神の正統な血筋の御方、ビアンカのことは……リーナ女神の血を継ぐ御方？　あぁ、もう！　そうよね、そうよ）

ヒントはあった。リーナ教を嫌う余り内容を覚えていても基礎の基礎を見逃していた。

空の黒から生まれた白。

私のこの、白に近いプラチナブロンドに、灰色の目。白い肌。寝間着は白か生成りが一般的だけれど、この服装もあいまって、教皇は『私』を特別視している。

ビアンカが輿入れしたのに、生贄に、としなかったのは、私の見た目のせいだ。リーナ教でも、白はありがたがられる色であることを失念していた。

（興味は、もっとまんべんなく広げておくべきだったわ……！）

そう、リーナ教でも。……ポレイニア王国でも、デュラハンは太陽の白としてありがたがられていた。貴族ではないが、貴人という扱いだ。

寝間着の下にもずっと身に付けていた、アグリア様と交換したペンダントを強く握った。

（私が神頼みしても、もしかしたら何も聞いてもらえないかもしれない……信心なんて、持ったこともない……だけど、お願い。陽天之真子様のご加護があるのなら、お願い、助けて……！

私は、まだ、こんなところで死ぬのは嫌……！）

きつく目を瞑って、私は手の中の小さなルビーを握り締め、強く強く、人生で初めて、神というものに強く願った。

◇◇◇

クレアがお手洗いから戻らない。

控えていたメリッサに、本当に具合が悪いのかもしれないからと言ってお手洗いの中を覗いてもらったが、そこにはクレアの姿はなかった。

手洗い場の奥の手洗いの鍵はかかっていない。つまり、トイレから出た所で何かの仕組みでクレアは連れ去られたと思って違いない。

愕然とした。敵地に居ると肝に銘じていたのに、まさか手洗い場で事を起こすなどと誰が想像できるだろう。

腐っても一国の王宮で、国賓である。しかも、クレアは女性だ。

確かに臥せっているということにして引き籠られたら、この方法が確実だろうが、この部屋に案内されたのはその前だ。つまり、何が何でも今日クレアが部屋の手洗いを使うタイミングで事が起きたことになる。

「くそっ……ガーシュ！」

あまり声を大きくしないように気を付けながら、顔面を蒼白にさせているメリッサと、怒りで

顔が強張った私はガーシュを呼んだ。

すぐに部屋の中に入って来て、立ち位置から何があったか悟ったガーシュも舌打ちしている。手洗いは水洗で、水を流す音でガーシュの耳でも何かがあったということが聞き取れなかったという。

「メリッサ、グェンナとイーリャンを呼べ。ガーシュ、影のネイジアは何人動ける」

「畏まりました」

「すぐなら5人。2人使いに出せば8人」

「ならば2人使いに出して残りの3人、合流した後は総勢8名で捜索しろ。いくらなんでも城のどこかにいるはずだ。ガーシュはここに、何か分かった時すぐに私の命を聞け」

「はい。――行け」

そう命じた私の顔は、怒りのあまりに無表情になり、瞳が燃えるように熱くなっていることに気付いた。

常に笑っていられる強さ。それは大事なものだろう。それが私を、何度挫けそうになった時に救ってくれた言葉か分からない。

だが、クレアを失うかもしれないという時にまで笑える強さなど、要らない。

国を救い、国を奮起させ、独立に導いたのが彼女だと、彼女の知識だと、どれだけ伝えられているのだろう。

彼女は鈍い。いくら感謝しても、どんなに慕われていても、なかなかそれには気付かない。全部、自分がやりたいからやったこと、として片付けてしまう。

私は部屋の椅子に腰掛けると、泰然と背もたれに身体を預け、ひじ掛けに腕を突き怒りに白くなるまで握り締めた拳をこめかみに当てて、待った。

「お待たせしました！」

メリッサがグェンナとイーリャンを連れて部屋に入ってきた。扉の正面に座った私は、夕陽を背負って目だけは爛々と輝いていたことだろう。

その様子に彼女らは息を呑み、姿勢を正した。ガーシュは窓辺に控えているが、いつもの笑みはなりを潜めている。

「クレアが行方不明だ。王城のどこかにいる。影のネイジアが捜索しているが、私はこれより国王に話を聞きに行く。何が阻もうと、だ。イーリャンは通訳としてついて来るように。メリッサとグェンナはガーシュの元に情報が来たら何でもいい、交代で常に私に知らせるように」

端的に、冷え切った声で告げると、3人は深く礼をした。声を発することすら許さないような緊張を強いているのは分かっているが、今はそういう事態だ。

私は立ちあがると、イーリャンを連れて部屋を出た。ウォーグ卿に今すぐの国王との面会を迫ったが、ガーシュの言った通り彼は中々の狸でもあるようだ。

やんわりと断りを入れてきた。

今はこの狸の腹芸に付き合ってやる暇などない。陽がおち、日付が変わるまでにクレアの元に向わなければならない。

「ウォーグ卿、貴殿の身分は何か？」

「これはこれは……ええ、公爵です。それが、何か？」

「そうか。私は隣国の王太子であるが、御国の公爵は隣国の王太子に対し、身分が上だと？」

私は無表情の中に、目にだけ怒りを籠めて、声はどこまでも底冷えする程冷たく、敢えて尊大な態度で言って聞かせた。

ガーシュはウォーグ卿はまだ政治的な目を持っている人だというが、ウェグレイン王国そのものがどうにも、他国の王族というものに対してなめた態度を取っているように思う。

リーナ教の信者であることで、自分たちは何か一歩上の存在であるとでもいうような、そういう気風は各個人の性質や思想以上に生活に染み付いて取れないものなのだろう。

私の言葉に、声に、表情に、何を感じたかは知らない。だが、何かしらは感じるだけの本能は残っていたようだ。

表情を改めて膝を折って礼をし、ご案内します、とか細い声で告げられた。

この程度の威圧で膝を折るのなら、最初から素直に案内すればいい、と私は胸の中で悪態を吐いた。

先導されるままウェグレイン国王の執務室に向う中で、やっと城内の様子が見て取れた。補修や掃除は行き届いているが、相当古い。これはガーシュが青写真を手に入れられない訳だ。

古い建物は、古ければ古い程様々な仕組みが隠されているものだ。バラトニア王国の王城よりは新しいにしても、数百とある部屋にいくつの仕掛けがあるかは計り知れない。いちいち全部調べて回るのは私の仕事ではないので、ガーシュに任せることにした。

そういうのは、彼の方が得意だ。私は、私にできることをする。

国王の執務室に着いた私は、取次をあしらって音をたてて扉を開いた。

「失礼する」

「な、なんだ急に！　我に対して不敬であるぞ！」

「不敬も何もありません。私の妻を返してください」

私の言葉に、国王は怒りの形相を、何か不気味な表情に歪めた。何かが成功したという達成感、何かに陶酔しているような恍惚さ、それらを隠すことすらできない知性のない笑み。

「……何のことだか分かりませんな。奥方は疲労により臥せっていらっしゃったのでは？」

今更表情を改めてとぼけた所で、先程の表情で状況証拠としては十分だ。

馬鹿なら馬鹿らしく下手に時間を使わせないで欲しい。

私は帯剣していた剣をぬいてつかつかと近付くと、国王の首に切っ先を宛がい静かに告げた。

「もう一度言いましょう。妻を返していただきたい。おっと、声は上げない方がよろしい、驚いて切っ先がどんな動きをするか分かりませんせん故。何があったかも言わない方が賢明だ。ただ口にしていいのは、私の妻の居場所のみ。お分かりいただけたならば両手を挙げていただこう」

このだらしない体型といい、剣の練度が低いのは見るからに明らか。装飾過多で実戦には不向きな剣も、せいぜい威厳を保つために腰に下げているにすぎないのだと良く分かる。

イーリャンを通訳として連れてきたが、私はフェイトナム帝国語ならば流暢に喋れる。この馬鹿国王がフェイトナム帝国語も分からないようだったら通訳してもらう気だったが、会話が成り立っているのだから多少の語学も頭に入ってはいるようだ。

ぶるぶると身体を振るわせて両手をゆっくりと挙げたウェグレイン国王の喉元から切っ先を少しだけ離してやる。それでも、いつでも喉を貫ける距離に構えたまま、私はもう一度だけ同じ質問をした。

「妻を返していただきたい。どこにいます？」

「……知らぬ。本当だ。リーナ神を崇めてはいるが、私は知らない。何故なら、今回の儀式は特別だからと、教皇とビアンカが全てを進めている。……ほ、本当だ！　ただ、この城の地下、だということだけは……断言しよう。教皇が登城しているから間違いない」

無駄足を踏んだか、と思った私は剣を鞘に収めた。

「今あったことは誰にも言わないことを勧めます。いいですか、バラトニアは、もしウェグレイン王城で王太子妃が行方不明になり、見つかった時に亡骸だった場合、フェイトナム帝国に牙を剝いた以上の力でこの国を飲み込むつもりですので」

その言葉が真実であることを一連の出来事で飲み込めたのか、ウェグレイン国王は尻もちをついて頭を人形のように上下に振っていた。

外の取次とここまで案内してきたウォーグ卿を、イーリャンがその間に後ろ手に縛って捕らえている。こういう、何も言わぬともやるべきことが理解できるところは、さすがバルク卿の右腕と言われるだけあるだろう。

「さて、ウォーグ卿。ビアンカ王妃と親しいのは国王陛下より貴方だと聞いております。ビアンカ王妃……いえ、私の妻の所まで、ご案内いただきましょうか？」

私が国王に『丁寧に質問』している間に逃げようとしたのだろうが、イーリャンの方が早かったらしい。悔し気に顔を歪める辺り、やはりまだまだ底が浅いと感じてしまう。

しかし、私の声に、威圧に、彼は目を逸らした。

「ご案内……いたします……」

◇◇◇

私が人生で初めてと言っていい程一心にお祈りしていると、今度は複数の足音が聞こえてきた。

部屋の中は音がよく響くにしても、鎧の足音が複数に、ハイヒールの音、そして控えめなブーツの音と、騒がしいくらいの音だった。

助けに来たというような必死さはない。皆並足で、ハイヒールの足音に合わせてすらいる。

私はとても嫌なものを見る目で、音の出どころの方を向いた。すなわち、教皇が去っていった方向だ。

「クレア、この国で一番の布団の座り心地は如何かしら?」

「……ビアンカ王妃様。私をここから返してください。国際問題ですよ」

分かっていてやっていることだと分かっていても、私はこう返すしかない。

ビアンカの前で感情的になってもいいことなど何もない。後ろにそぞろ兵を連れてきている辺り、私を殺せさえすればこのビアンカはどうでもいいのだ。儀式を行えなかったと教皇が騒ぎ立てたらその教皇さえ殺す気だろう。

そして、もう1つの控えめな足音は、ミリーだった。黒一色の乗馬服のような服装に、頭からマントを被っている。胸も潰して、ビアンカの私兵のようにふるまっている。

今もまだ無表情で、何を考えているのか読めない。私のせいで彼女の人生は狂ったも同然だが、かといって、ミリーに殺されてあげる気は今もない。

「問題ないわ?　それはウェグレイン王国とバラトニア王国の国際問題でしょう?　フェイトナム帝国は、『今度こそ』あなたという元皇女を死に追いやったという名目でバラトニアに攻め込み、私は祖国のためにウェグレイン王国を扇動する。バラトニア王国は属国どころか、国名すらなくなるかもしれないわね」

「……」

こうして私にペラペラと喋るということは、私を何がなんでも殺す気だということだろう。

たぶん、上では私の捜索が始まっている。だからビアンカはここに来た。いざとなれば、連れてきた兵に私を殺させればそれでいいのだ。

どうにかして時間を稼がなければいけない、と思った。

ビアンカがここに来たということは、下手をすれば私が救出される可能性があるからだ。ビアンカ自身はもう教会に結婚誓約書を納めているので、ビアンカに傷をつければそれこそバラトニア王国に瑕疵のある国際問題となる。

ウェグレイン王国はもちろん、フェイトナム帝国も動くだろう。つまり、私とビアンカのどちらも死んでもいけないし、傷つけてもいけない。

それが分かっていて、自ら私を見張りに来た。助けが来ても私を連れ出せないように。

まったく厄介で困ったものだ。『完成された淑女』として、ビアンカ程恐ろしい人はそういないだろう。

私はどうすればいいかを必死に考えた。何をすれば時間を引き延ばせるのか、助けを呼べるのか。助けを待つには、どうすればいいのか。

必死に頭を働かせている私に、ビアンカが不愉快そうに顔を歪めた。

「その顔……本当にイライラするわ。淑女たるもの微笑を忘るべからず、という教えの1つもまともに身に付けられなかった癖に、知恵ばかりつけて」

余裕をなくした声に、私は不思議そうに顔をあげた。

「何を……そんなに怒っているの？　フェイトナム帝国で、私は出来損ないだった。それは変えようのない事実よ」

「なのに、バラトニア王国では次々に実績を上げて歓迎されている。それが気に食わないのよ」

昔からそうだ。ビアンカは何が憎いのか、私を面白がってこうして見下し、気に食わないと言ってきかなかった。

誰の目から見ても愛され、大事にされ、フェイトナム帝国の中では上にいたビアンカは、つっかかる隙を見つけてはいちいち私につっかかってくるのだ。

私からすれば、そんなことをしなくてもビアンカの地位は安泰である。私が元属国に嫁いだのだから、放っておいてくれればいい。

それほどフェイトナム帝国の経済事情が悪くなっているという話も聞いていない。

あのウェグレイン国王に嫁ぐなんて……それもガーシュたちがその動向を摑めなかった程に密かに……原動力はどう考えても、この私への的外れな憎しみのような何かだ。

私はさっぱり意味が分からない。社交性でビアンカに勝てるとは思っていない。今はバラトニア王国で幸せに暮らせているし、守りたいと思うし、守ってくれると信じている。

そういう心地いい場所に収まれたけれど、最初は殺されても何であっても、戦争だけは起こさないように、ということばかり考えていた。

私でさえ、私を惜しんで守ろうとしていなかった程、私は自分に存在価値を見出せていなかったのに。

「……ビアンカお姉様は、フェイトナム帝国に居場所があったのに。私は居場所なんてなかった、だから、最初バラトニア王国にいつ殺されるか分からない人質として……自分の命を諦めて嫁いだのに」

「そうよ。その通りよ、大人しくお父様が開戦を示した時に反抗しなければ、私はこんなところに嫁がなくて済んだのに！　あぁ、イライラするわ、教皇は私よりあなたに価値を見出している。生贄だろうが、人質だろうが、私よりあなたが評価される場所があることが私は嫌で仕方ないのよ！」

私がどのみち死ぬことを確信しているからか、ビアンカに初めてまっすぐ気持ちを向けられた気がする。

つまり、私の存在が気に入らないのだ。淑女教育の方が私に敗北した程私は不器用だっただけで、ビアンカはそれを努力を怠って知恵をつける方に逃げたと思っている。

だから、自分はこれだけ頑張ったのに、気に食わない、と思っているらしい。

そんな子供の癇癪のような感情で、私を殺して戦争を起こそうとしている。

国と、そこに住まう人の生活と命を巻き込んで、憂さ晴らしをしようとしている。

「ビアンカお姉様……いいえ、ごめんなさい。もうあなたをお姉様と形だけでも呼べそうにないわ。ビアンカ……、あなた、馬鹿なのね？」

「…………は？」

「私と自分を比べてどうする気？　髪色と瞳の色はこの色がよかった、生贄としてよりリーナ女神に近しい見た目がよかった？　レディとして完成されたあなたより、どれだけ頑張っても淑女としての嗜みは1つも身に付かなかった私の方がよかった？　それほど、あなたは惨めに生きてきたとでもいうつもり？」

私は心底から、こうまで言葉にしないと分からないのかと不思議で仕方なかった。

「あなたはあなたのために生きていればよかったの。フェイトナム帝国では確実にあなたの方が大事にされ、愛され、好きに生きることができたのに。戦争を望む理由がそれ？　私が幸せに生きていることが、評価されていることが気に入らない、それが戦争を望む理由？」

「そうよ！　いいえ、戦争もどうでもいい、とにかく貴女が生きていることが、存在が気に入らないのよ！」

私はきっと、心から憐れむ顔をしてしまっていたのだろう。

怒りに顔を歪めたビアンカが、連れていた騎士に命じて、もう目の前に私が居るのが耐えられないというばかりに、殺そうと剣を抜かせた。

私はもう放心してしまっていて、やたら広いこの布団の上に乗り上げてくる騎士を黙ってみていた。外側からこの布団に登る時には炎は上がらないらしいが、私を殺したこの騎士はこの台を降りる時にきっと鉄の鎧ごと火だるまになることだろう。

その仕組みまではビアンカも知らなかったのか、それとも、ビアンカがその仕掛けを切ってあるのかは知らないけれど。

天井の穴から落っこちても怪我一つしなかった程のふかふかの布団の上に、重たい鎧姿の騎士が乗り上げ、足を取られないように近付いてくる。

そして、切っ先を向けられ、あぁ結局死んでしまうのか、と、時間稼ぎにも失敗した無能な自分をふがいなく、この先起こる戦争を思って切っ先を映した瞳から涙があふれて来た時、ビアンカの後ろに控えていたミリーが飛ぶようにして一気に距離を詰め、後ろから騎士の剣を弾いて私との間に割って入った。

「……クレア様。私を、生かしてくださったのは、貴女だと私は知っています。私は、貴女を生かすために生きることに決めました。なので、信じなくてもいいです。お願いですから、今だけ私に守らせてください」

諦めた所に、まさかの味方が現れて、私はぽかんとしてしまった。

ミリーに、バラトニア側からフェイトナム帝国に間者の扱いを伝えはしたが、それが本人に知られているとは思わなかった。

それこそ、ガーシュたちが約束の履行を見守ってくれてはいたけれど、だからミリーは生きて

いると思ってはいたけれど、私を憎んでいると思っていた。

それが、私を守るという。

小さな身体で、細い剣と暗器を武器に、鎧の騎士たちとビアンカから私を守ると。

「ミ、ミリー……！　あ、貴女、だましたわね……?!」

「はい、申し訳ございませんビアンカ王妃。私は元より、クレア様を騙してお側付きになった女です。そのような裏切者を、信じるのは如何なものかと思います」

いよいよ頭の血管でも切れそうな形相になったビアンカが、さらに騎士を送り込もうとしたので、私は急いで先程ミリーが弾いた剣に飛びついて布団の外に全力で投げた。剣は、思った以上に重い。

しかし、その剣を投げた効果は絶大だった。

剣が布団の外に出た瞬間に、青い炎が立ち上って金属の剣をどろりと溶かし、変形させ、床の石を焼く音をたてて転がったのを見て、騎士たちがこの布団に乗り込むのをためらった。

「そうなの、ここから出るなら、黒焦げになる覚悟が必要よ。あなたたち、鎧を着こんでるものね。解けた金属が肌に張り付くのは……どれほど痛いものなのかしら？　水場があったとしても、溶けた金属が張り付いた肌から、どうやって金属を剝がすのかしらね」

私は精々恐ろしさを煽るように、残酷な内容を軽く首を傾げながら淡々と告げてやった。

これで、布団の上に居る騎士は帯剣して戦い方を心得ているミリーと、私に対して手を出すこともできず、かといって外にも出られない。周りの騎士たちも、そこまでビアンカに執心している人間ではなさそうだ。

それなら時間を待って、私を生贄のためにここから連れ出す手順を知っている教皇を待った方がいいと思ったのだろう。

（ミリー、聞いて。この布団はこれ自体が防火布だわ。じゃなきゃ炎の影響で焦げてもおかしくない。だから、お願い。今はあなたが、私を守る剣になって。ここから安全に出られるから）

小声でミリーに囁くと、ミリーは一瞬私を見てから、一つ頷いて、剣を構えて騎士をけん制していた。

しかし、これでは膠着状態でもある。ビアンカは自分の言うことを聞かない騎士たちに怒っているが、騎士たちはリーナ教に殉じる覚悟はあるだろうけれど、目の前の危険に態々命を賭してとびこまなくても私が運び出され生贄の儀式で殺されることを知っている。

ビアンカの苛立ちは伝わってくるが、私はもう一度だけ、胸元の石を握って強く願った。

（お願い、陽天之真子様……、どうか、どうか……、助けて……）

それは、私を、ではなかった。

この状況が悪い方向に進むことで引きおこされる、全ての不幸から。目の前のミリーに始まり、私が大事に思うバラトニア王国も、嫌いなフェイトナム帝国も、こんな窮地に追いやられているけれどウェグレイン王国も。

戦争は全てを台なしにする。その未来から、助けて欲しいと願った。

薄く白い寝間着の隙間から、金色の光が溢れる。

「な、なに……?!」

ビアンカが痸癪を止めて一瞬その光に目を奪われる。

熱く光った石は、一条の金色の光となって、天井の一部に真っ直ぐに伸びていった。

9　リーナ教の生贄

大人しく案内していると思ったウォーグ卿だったが、その私たちの元にガーシュが直接やってきた。

「大まかな場所が分かりました。――この狸は正反対の方向に案内してくださっていたようですね。ご案内します」

「――そうか。イーリャン」

ガーシュの言葉に私は目を細め、後ろ手に縛られたまま前を歩いていた男を冷めた目で見つめた。

「生贄の儀式は、全て女児が捧げられたのか？」

「いいえ、男児もおりました。王家の血が入っていればいいようです」

「そうか。……信教の自由というものがある。クレアの代わりに、今夜血を返すための生贄が必要なはずだな？」

そこまで言ってやると、ようやく不自由な状態でまんまと騙してやったと笑っていた顔から、血の気が引いていく。

「そうですね。この国で信じられている教義です。宗教に関して、我々部外者が邪魔をするわけにはまいりません」

「して、目の前の男は前国王の弟君であったと記憶しているが」

「はい、王家の血を引いた、立派な生贄の資格をお持ちの御方かと」

「精々逃げられないようにして見張っておけ。我々は妻を返して欲しいだけで、ウェグレイン派を否定するつもりはないからな」

「……畏まりました」

イーリャンは少しためらったようだが、そこは宗教の違いだ。いくら調べてイーリャンにとって受け入れがたい内容であっても、イーリャンもまた違う宗教の元に生きている。

他人の生き方に口出しする真似はしない。すぐさま後ろ手に縛ったウォーグ卿を床に転がし、携帯していた細い帯のようなもので足を縛った。

「ま、待ってくれ！　悪かった、ちゃんと案内する！　もう一度……！」

「不要だ。貴殿を信じる理由がない。そして貴殿は、自分の信教に殉じるべきだ。違うか？」

私は今、心底怒っている。独立戦争の時にもここまで苛烈な感情は抱いたことがなかっただろう。

ガーシュもイーリャンも口を閉ざし、ましてその怒りを向けられたウォーグ卿も諦めて俯いた。

「ご案内します」

「あぁ、走るぞ」

「はい」

ガーシュの声に応えて走り出したところで、胸元が焼けるような熱さに見舞われた。火傷のような痛みは感じない。厚手の衣服の下から、クレアの瞳の色だと言って交換した真珠のネックレスを引き出すと、床を貫通して斜め下から光が真っ直ぐに伸びてきた。

私は細い鎖を引きちぎると、それを大事に手に絡めて持ち、ガーシュの案内に従って光の方へと向って走り出した。

◇◇◇

不思議な光は天井を差しただけで、何か状況が変わったかと言えばそうでもない。

この城の内部に通じている人間は、私の周りには居ない。

それでも、言葉の通り一条の光が見えた。

ミリーという頼もしい味方がこうして現れてくれた。ここでミリーを信じられないのなら、私には生きる資格がきっとないのだろう。

戦争に無関心だった皇女である私を憎むのは仕方ない。その憎しみで、フェイトナム帝国の皇室の人間を殺そうとするのも無理はない。

それを乗り越えて、ミリーは今、私を本当の窮地で、何の見返りもなく助けると言った。

熟練の騎士に比べたらか細い身体と、頼りない技術であっても、一度は私を殺そうとした彼女が私に命を捧げると言った。

今はこの言葉と、一条の光を信じるしかない。

光は移動している。騎士は、控えの武器である短剣を構え、じりじりと私とミリーを捕まえようとしているが、ミリーの武器の方がリーチが長い。

（お願いお願いお願い、間に合って！　ミリーが死んだら意味がないわ、お願い！）

ミリーだって恐ろしいに違いない。私の祈りは何に向けたものか分からない。

それでも願う以上のことが、私にはできない。ミリーのように戦うこともできないし、ビアンカのようにわずかな時間で国を掌握する真似もできない。

私にできるのは生き延びるために精いっぱい頭を働かせることだけ。そして、名前も存在もよく分からない何かに精いっぱい祈ることだけ。

光が天井から壁を示す。地下まで、アグリア様が辿り着いたのだと理解できる。

けれど、この部屋の外がどういう造りになっているかまで私は知らない。そして、ガーシュがそこまで調べていたらとっくにここに飛び込んできているはずだ。

後は光が導いてくれるのを待つしかない。

ミリーは短剣で押してくる騎士をいなし、なるべく距離を取るようにしながら、私を背に庇っている。私も、ミリーの背から出ないように必死に位置を見ていた。

ビアンカの頭に血が上っていてよかった。この至近距離で、青い炎があがったら布はその熱気だけで焦げてしまう。目に見えているよりも、火というのは範囲が広く燃えるものだ。

そのくらいは常識としてフェイトナム帝国の皇室では教えられる。

それに気付いていない。まだ騎士をなんとかして私の元へ送り込もうとしているが、先程のデモンストレーションが余程効いたらしい。

そのうちに、走ってくるいくつもの足音が聞こえてきた。

「クレア！」

「アグリア様！」

この薄暗い部屋の中、まっすぐに伸びた光の先に、アグリア様の姿が見える。

金色の光が私の胸元から、アグリア様の手に光る真珠に真っ直ぐ向っている。

アグリア様の後ろにはガーシュが、メリッサとグェンナが、ゴードンとジョンをはじめとした護衛に来てくれた騎士たちがそろい踏みだった。

ビアンカが連れてきた騎士たちより数も多い。何より、私はたった1人、ここに落とされた時の不安が一気に霧散して笑ってしまった。

「この布団の上には来ないでください！　とにかく、騎士たちをお願いします！」

「クレアぁ！　ど、どこまで、どこまで私の邪魔をしてくれるのよぉ！」

ビアンカがヒステリックに頭をかき乱し、叫ぶ。もうその声には理性はない。確実に、私を殺す計画は失敗した。

「ビアンカ、私は何も邪魔しなかった。——姉妹だから、これだけは教えてあげるわね。あなたは私憎さでここまで来た。このウェグレイン王国ならいつでもフェイトナム帝国に戻れる、と思っているようだけれどね……、宗教はその人の、生き方なの。利用しようとしてはいけなかったわ。これからは、あなたはこの国で、リーナ教に殉じて生きるしかない。……助けてもあげられないわ、ごめんね」

「そんなことない！　お父様はいかようにもしてくれるって……！」

「それは、私を殺せたら、の話よ」

私の言葉に雷に打たれたかのように目を見開き膝をついたビアンカに、駆け寄る人は誰も居なかった。

ビアンカの騎士たちは、バラトニア王国の近衛騎士たちによって首尾よく倒され、捕らえられていく。ガーシュが1人布団の上まで飛び込んできたが、ガーシュならば問題ないだろう。

騎士を難なく昏倒させると、仕込みの鉄線で手足を縛って自由を奪っていった。

その光景を見て、ミリーがぺたりと坐り込む。安心したのだろう。もしかしたら、私を守って死ぬことまで想定していたのかもしれない。

だけど、私はミリーを殺す気なんて、もとよりない。フェイトナム帝国を、ビアンカを裏切ったと知ったら、きっと彼女はもう生きていけない。

だから、一緒にバラトニアに帰る道しかもう残っていない。

「ガーシュ。この布団は防火布だわ。この円から出る時に炎が立ち上るから、上手く騎士を包んでまずは蹴り出して。その後私たちを外に連れ出してちょうだい。――じゃないと、アグリア様が今にも飛び込んできそうなの」

「あぁ、だから平然と……はいはい、了解です。――無事でよかった、クレア様」

「……ありがとう、ガーシュ」

ガーシュは手持ちの短剣で防火布の巨大な布団を切り裂き、まずは騎士を包んで外に（重装騎士を持ち上げる力がどこにあるのか分からない程細いというのに）放り投げた。予想通り、炎はあがったが、騎士自身は焦げることなく床に転がっている。

その後、残りの布を切り裂いて私とミリーを包むと、両腕に1人ずつ座らせるようにして抱え上げた。

「ガ、ガーシュ！」

「口を閉じて歯を食いしばって。布は保険、俺が飛んだ方が早いです」

そう言われてしまえば、そこまでだけれども。

アグリア様がはらはらしながらこちらを見ているが、ガーシュは私を傷つける真似はしない。

だって、誰よりも私に優しいお兄様だし。

ミリーはガーシュを知らないので不安そうにしがみついていたが、ガーシュは重装騎士よりは軽い私たち２人を抱えると、高い天井に手が届きそうなほど高く、ふわりと飛び上がり、何の衝撃もなく着地した。

そのまま私はガーシュの腕を降りると、アグリア様に向って駆けより、腕の中で声を上げて泣いた。

私は帰るべき場所に帰ってこられた安心感で、もう堪えることができなかった。

「クレア……、遅くなってごめん。おかえり、……無事でよかった」

「はい……、ただいま、アグリア様」

エピローグ　バラトニアの王宮から

散々な最後を迎えた新婚旅行から帰って、そろそろ1ヶ月が経とうとしている。

ウェグレイン王国のことは今後も影のネイジアは見張ると言ってくれた。私を『リーナ女神の正統な血筋の御方』と呼んだ教皇は、老齢のわりにまだまだ長生きしそうだし、その後、儀式は……執り行われたと聞いている。生贄が誰かは、私は聞かなかった。

否定はしない。心の中でどれだけ嫌悪しようとも、それがその国の人たちの心のよりどころで生き方ならば、私に否定する資格はない。

遅い時間だったが、あの城に滞在することは誰一人耐えられなかったので、影のネイジアに頼って強行軍を働き、無理矢理バラトニアまでほぼ休まずに帰って来た。

王宮に帰って来てから、新婚旅行に行ったアグリア様と私もだが、一緒について来た人間は皆、3日は動けなかった。それだけ必死に、ウェグレイン王国から出た。

そして、ウェグレイン王国との交易を今後一切執り行わないことを決めた。

ビアンカがフェイトナム帝国に帰れたという報告はあがっていない。ただ、亡くなってはいない、とガーシュは言った。

それ以上のことは内緒だと言って教えてくれなかったが、……たぶん、そういうことになったのだろう。最初に神の血を引く正統な後継者を産んだ後は……、ビアンカの人生はきっと、望んだ方向には向わないだろう。同じ血を引いているせいか、少しだけ、……ほんの少しだけ、同情する。

ミリーは私を窮地の中守ってくれたこと、そして、フェイトナム帝国を明確に裏切ったことにより、もうバラトニア王国でしか生きられない。

あの時、命を賭けて私を守り、私のために生きると言ってくれたミリーを、私は信じることにした。それで裏切られたら、それはもう、私が馬鹿なのだ。今のミリーに私が殺されたとしても、フェイトナム帝国はもう……戦争を起こすことはできない。

今回の謀《はかりごと》は確実にフェイトナム帝国が糸を引いていたことが、ビアンカが入国記録と出国記録をごまかしたことにより確定している。フェイトナム帝国の手引きで私を殺そうとしたことが明確になった今、食糧の関税は限りなく高くあげられている。

生きるのも、そして戦うのも、食べ物がなければできないことだ。

貧富の差は開いていくだろう。研究費は削られ、今後フェイトナム帝国は衰退していくのだろうと思うと、無関係な市民たちを思って胸が痛んだ。

けれど、難民の受け入れは積極的に行う、とお義父様が請け合ってくれた。バラトニア王国では、今は何より人手が足りないのだ。

土地と食べるもの、そして職がある。フェイトナム帝国からの人民の流出は免れないだろう。

バラトニア王国は、今後も発展する気だ。

恵まれた国土と、次々と持ち込まれる技術と知識、技能。それらに加えて、私主導で行われる識字率の向上と、責正爵という新しい仕組み。

医療に関しても、難民の中には研究の打ち切りで流れてきている人もいる。そういう知識階級の人間は、特に手厚く保護をした。

ただ土地を貸し、食べ物を与えるような受け容れ方じゃない。国民として受け入れることに、バラトニアは今の所成功している。

私は仕事も休み、1ヶ月の間、それらが行われる様をただ見ていた。

アグリア様が反対したのだ。難民の中に私を逆恨みする者、間者、刺客、それらが混ざってないとは限らないから、と言われたので、大人しくポレイニア王国で買いあさった本を読んで自室でのんびりと過ごしていた。

そうしていると、見えてくるものもある。何も敵は外だけにいるものではなく、バラトニア王国の貴族の中には、度重なる変化と人の流れ、激動する現在に不満を持つ人がいること。

（まぁ、仕方ないのよね……これぱかりは）

今後はそういった貴族の人たちと、もっと話し合って決めていくような仕組みを考えなければならない。人が増えたからと言って税率を上げた訳でもないし、遠洋漁業も成功して、食べ物は保存食も含めてふんだんに供給されることも分かった。

働き手も増えたので、牧草地帯を一部農地に変えて、食糧生産率もあげている。

結果がでるのはまだ先だろうけれど、バラトニア王国は、私が2ヵ月何もしなくとも……むしろ負担をかけたところで……しっかりと地面を踏みしめて歩いている。

私は私にできることをしていこう。

「クレア、父上が明日から、半日だけ働いていい、と」

「本当ですか?!」

「……そんなに働きたかった?」

「ええ、もう、本は読み終わりましたし、皆頑張っているのはこの部屋の窓からも、メリッサとグェンナとミリーからも聞いていますし」

「働き者すぎて困った王太子妃様だな」

そう言って、長椅子に座って本を膝に乗せていた私の横にアグリア様が座る。

「そんなに働くのが好きなのかい?」

アグリア様の嫉妬は、いよいよ仕事にまで向いてしまったんだろうか?

私は不思議に思って目を丸くしてから、微笑んで首を横に振った。

「私が好きなのは、アグリア様と、アグリア様と住むこのバラトニア王国です。それから、友好国のネイジアと、ドラグネイト王国と、ポレイニア王国に極冬と……」

「あー、うん。分かった、分かったから」

何故か指折り数えていたら止められてしまった。

でも、これだけは言っておかなければいけない。

「だって、全ては繋がっていますから。ここが、私の国だから、繋がった全てが大事で大好きなんです」

バラトニア王国こそが、私の国だから。

嫁いだ時から、この言葉の重さはどんどん増したけれど、その分私は、大好きなアグリア様と一緒に、大好きなバラトニア王国を盛り立てていこうと思う。

これから先も、ずっと。

了

番外編　ガーシュの人脈

「ねぇ、ガーシュに1つ聞きたいことがあるんだけど……」

それは、ウェグレイン王国で私が『疲労から臥せっている』時に、紅茶を淹れて私とアグリア様に供してくれている時のことだった。

イーリャンの集めてくれた資料に目を通していた中でも、少しは休憩しないと、本当に私は臥せってしまう。書物を読むのに疲労を感じたことはないにしても、状況が状況だから、と護衛と見張りのアグリア様に適度に休憩を取るように言われているのだ。

今はウェグレイン王国の貴族の子息のような格好をしているガーシュに、私は不思議に思って首を傾げた。

「フェイトナム帝国も、バラトニア王国も、王宮で働く人間というのはそれなりに厳しい審査を通っているはずよ。ポレイニア王国でも御者についていたし、ウェグレイン王国では……どうやってウォーグ卿の側付きになったのか、不思議で仕方ないのよ」

「それは私も思っていたな。バラトニアでは倉庫の下働きだろう？　あれは国交があってこちらから商会に依頼して雇い入れたけれど……どういうトリックなんだ？」

私には甘いミルクティーを、アグリア様にはストレートの紅茶を出したガーシュは、困ったように笑って、言わなきゃだめですか？　とばかりに首を傾げた。

雑談ではあるから、言わなくてもいいといえばいいけれど、口にしてしまうと気になるのは本当だ。

「……だめ？」

「はぁ、影のネイジアの最優先順位者のお願いじゃ俺も断りきれないなぁ」

わざとらしい様子で口にしたのは、私とアグリア様が気付かないようにこの部屋の護衛に他の影のネイジアの人たちがついているせいだろう。

部族長といっても、勝手をしていい訳じゃないというのは聞いていれば分かる。だから、『あくまで最優先順位者のお願いだからな』というのを強調しているのだろう。

ウェグレイン王国の人はこの部屋に近付かないように強くお願いしてあるし、このわざとらしい独り言で、駄目なら止めに入れ、という意思表示をしたのだろうけれど、誰も姿を現さない。

まるで、誰一人止めにこないことが悪いことのようにガーシュは顔をしかめると、私のベッドの足側に座って脚を組んだ。

アグリア様の座っている椅子が間に入り、枕をクッション代わりに背にしている私、というように遠いような近いような距離。

部屋の外に声が届かない程度の距離に腰を落ち着けてガーシュは静かに語り始めた。

「影のネイジアがそうとは明かさずに各国で色々と……暗躍していたことは、お2人にはお話ししたかと思います」

「そうね、各国の王侯貴族の依頼を受けて……本当にいろんな国に出入りしていたようなのは聞いたわ」

ネイジアという国が、表向きは養蚕と絹で生計を立てている小さな国だとしている裏で、影のネイジアと呼ばれる人たちが各国で諜報、暗殺、閨事などの危ない仕事をしていることは、ネイジアとバラトニアで同盟を結ぶ際に聞いている。

そして、影のネイジアは今現在バラトニアにのみ仕える存在となり、その信頼の証が私という存在……ということになっている。言うなれば、バラトニアが無理難題をふっかけたり、ネイジアを制圧して同等の関係を拒絶したら私が誘拐、ないしは殺されるという話なんだけれど。

それを影のネイジアは『最優先順位者』と呼んでいる。全く迷惑な話だけれど、お陰でどれだけ助けられているかも分からない。バラトニアがそんな横暴を働く理由もないし、私はお飾りだけの『生贄』として両国に命を握られている。

実際は、大事にされすぎていると思う程大事にして貰っているけれど。

「それでまぁ、ウェグレイン王国は『殆ど』依頼がなかったんですが『全く』依頼がなかったわけじゃないんですよ。俺たちも、それなりの報酬を貰わないと危なくてやってられないので、それなりの身分の方がお客なわけです」

その辺も確か聞いた覚えがある。じゃなければやっていけない、と言っていたと思うので、アグリア様と私は顔を見合わせた。

王侯貴族がそういう人を使う時は、特別に自分たちで育て上げた間者や刺客を頼るものだ。特に王室ではそうで、影のネイジアが今回特殊だっただけだ。バラトニアも、刺客までは育てることはできなかったが（戦争に勝ったから監視の目もなくなりメリッサたちは私の護衛のために特訓された）、間者は代々ひっそりと育てられ、宗主国であるフェイトナム帝国にも送り込んでいた。

その辺をいちいち気にしていてはフェイトナム帝国の皇帝は務まらない。本当に秘するべきことは、それなりの方法があるのだ。たとえそれが、どれだけ私生活というものを圧迫しようとも。

なので、こういった集団に依頼する、というのは私もアグリア様も実は知らないことでもあった。アグリア様の場合は属国だったからだろうし、属国の中でも求められていた大部分が食糧ということもあって、何かしら代わりに頼むことなどはなかったからだろう。

「あぁ、分かりますよ。なんでわざわざ身元不明の俺たちみたいなやつを使うのか、って顔ですね。そこは少しまぁ、仕組みがありまして……さり気なく夜会なんかに潜り込んで、それなりにいい身分の貴族の方に噂話として依頼方法ややってくれることを流すんですよ。自国やお抱えの刺客や間者を使えない場合……王様の閨事の相手だとか、敵対派閥だとかに勘付かれるわけにはいかないとか……そういう気配を察知したら、影のネイジアの方からそうやって噂を流して、依頼がくるように仕組むんです」

「……宣伝方法としてはこれ以上ないな」

自分たちが王族ということは棚に上げても、身分が高い人間はそういった秘密が大好きだ。

暗躍してくれる上に、自分たちの身元が割れないとなれば、それは使うだろう。もちろん、自分の胸一つに留めておくだろうし、依頼をしない人間は困っている同じような身分の相手に噂を流す。

結果、どこが話の出所か分からないが、誰が頼んだかも分からない状態で、影のネイジアに依頼がいくことになる。しかも実際に頼みそうな人から噂が広がるし、実際に頼んだ人は親しい友人にしか言わない。何を頼んだかは言わないが「この噂は本当だ」という確信は広まり、必要な人が頼む。

王侯貴族にとっては秘密の共有という担保があり、自国の誰にも頼めないことを頼める、金さえ払えばリスクはほぼなく仕事をこなしてくれるありがたい存在になるわけだ。

私たちがそれを理解するのはそう難しいことではなく、揃ってガーシュに目を向けたときにはガーシュは笑っていた。

「話が早くて助かります。で、今はそれを止めている訳ですけど……昔仕事を受けた家っていうのはこっちもブッキングしないように調べ尽くしているんでね。敵対する同士の家の依頼を受けると後が大変なんで、金払いのいい方を選ぶんですよ。——そういう人たちは金を払うことにも誇りがありますからね、大抵身分が高いとか、懐が温かい方が選ばれるわけです」

「あぁ……なるほど。その伝手を使っているのね？」

私が得心して呟くと、ガーシュは肩を竦めた。肯定、と取っていいだろう。

「ポレイニア王国では国賓の御者兼護衛ということで、いい家格の方に宰相閣下に提案していただきましたね。我が家で使っている者ですが、って具合に。国賓を招く時は宰相閣下が細かな最終決定をしますから。で、大体依頼を受ける時は顔を合わせはしませんが、先んじて密かに手紙を出しておいて『秘密の内容』を書いていついつに訪問するのでご紹介を、と書いておけば問題なく都合をつけてくれますよ」

「あくどい……」

思わず私は呟いてしまったが、ガーシュはおかしそうに声を上げて笑った。もちろん、部屋の外に聞こえるような声ではないが、お腹を抱えて肩を震わせている。

「ええ、そうなんです。俺たちはあくどいんですよ。でもね、クレア様？　あくどい奴もいた方が、こういう時に便利でしょう？」

「それは……そうね。正攻法だけが何も正しい訳じゃないわ」

「私も責める資格はない。フェイトナム帝国が弱っている時に攻め込んだのだから」

私もアグリア様も顔を見合わせてほろ苦く笑った。

どれだけあくどくとも、汚いと思っても、それは必要なことだと分かっている。そうすることでしか成し遂げられないこともあれば、そうすることで被害を抑えることもできる。結果的に良い方向に進むのなら、あくどさだって使いこなさなきゃいけない。

それが人を束ね、人の上の立ち、他人の生活と命に責任を負う人間が心得ていなきゃいけないことだとはよく分かっているつもりだ。

「ま、そのあくどさが売りですからね。あくどいばかりじゃないですし……そもそも、俺たち自身はあくどいことをやっている、って感覚はあまりない」

私とアグリア様が頭で理解しているのは、あくどさも時には必要、ということであって、そういった謀をあくどいと感じない、という感覚ではない。

ずっと根を詰めている私たちを気遣ってか、ガーシュはその話を続ける気のようだった。

「休憩がてらお話ししましょうか。例えば……クレア様もアグリア殿下も、肉を食いますよね。食うための肉を飼育して、それを殺して、食えるように加工して食ってる訳ですが……今更この話で気持ち悪いとか言わないでくださいよ？」

もとより言うつもりはなかったけれど、改めて言われると、確かにその通りだ。

「それが当たり前だし、余程栄養に気を付けてなきゃ、肉を食わなきゃ身体も壊す。良くも悪くもそういうのが人間でしょう」

「それは、そうね。私たちは生き物を食べて生きてるし、食べないと身体を壊すのはその通りよ」

「行軍中も余程のことがなければ干し肉はなるべく食べる。体力がなくなるからな、そのうえ行軍中は不潔になりやすいから、体力が落ちた者から病にかかりやすくもなる」

私とアグリア様が同意を示すと、ガーシュは、その通りで、と頷いてから話の先を続けた。

「それと一緒なんですよ。——俺たちの国は、出自が様々なものでね。肌や髪の色も違うし、親も誰か実は判然としてない奴が殆どです。まぁ、身籠って国に戻ってきた奴は誰が自分の子供なのかは分かってますけど、国全体で子供を育てていて、子供も国全体に育てられている、という認識で育ちます。親って概念がまずない。それで、子供の頃から運動神経がいいのやら、勉強ができる奴、器用な奴、力持ちな奴、と、適性をみてそれぞれの仕事をしている部族にある程度の歳になったら振り分けられる。そこで初めて帰属意識っていうんですかね？　そういうのが芽生えるわけです」

ここまでの話だと、命を奪って食べていることと、ネイジアの国のどこが一緒なのかが分からない。不思議に思って自然に首が傾いたが、アグリア様は何かピンとくるものがあったようだ。

「つまり……生まれ持ったものではないが、習慣として『当たり前』という話で合っているか？」

「そうです。これも、なかなか説明しても分かってもらえないことが多いんですが……まぁ、ネイジアの深い話を誰かにすることはないんですが、親の顔を知らないと言うと大抵同情したような顔をされるんでね。まずそこからして価値観が違う」

未だに理解の及ばない私は、余程怪訝な顔をしていたのだろう。ガーシュが私をまっすぐに見て話の続きを始めた。

「クレア様は元々フェイトナム帝国には馴染めなかったようでしたし、もう少し理解されるかと思ったんですが、ここはアグリア殿下の方が理解が早かったな。王族として市井と接してきた頻度の差かもしれませんね」

「ええ、ごめんなさい。私は確かにフェイトナム帝国の皇族としては浮いていたけれど、だからこそそんなに市井と交わる機会はなかったわ」

「えーと、そうだな……赤ん坊の頃は母乳で育ちますが、そのうち肉を食うのが当たり前になるでしょう？　何の不思議もなく、当たり前に食卓に出てきた命を食ってる。習慣として。——影のネイジアはそういう感覚なんですよ。子供の頃は何も考えず好きに遊んで学んで、影のネイジアに振り分けられたら、命を奪う、他人を騙す、誘拐もすれば、ある程度育てば閨事も手練手管を教え込まれるし、演技もする。他にもいろいろ……それが当たり前で、生業になる。あくどいとか思ってないんですよ。世間の常識がなきゃ演技もできないんで、世間一般からしたらあくどいことをしているという認識はありますけどね」

やっと話が繋がって、私は目を見開いた。目から鱗とはまさにこのことだろう。

今同じベッドに座っている自分の血縁上の兄は、自分と全く違う価値観の上に生きているのだ。

私が自分の知識を活かしてバラトニア王国で能力を発揮させてもらえていることが喜びであり、

これが生業だと思っているように、ガーシュたち影のネイジアや、それを受け入れているネイジアの国民にとって、影のネイジアがやっていることは『あくどい』ことではないのだ。

影のネイジアやネイジアの国民にとっては、世間一般の常識は知っているけれど自分たちの生き方を『悪い』と言われる筋合いなんて一切ないのだろう。

それはそうだ、そういう生き様なのだから。

それを言ったら、いくら公共事業を充実させるからと言っても植民地を求めて他国を攻め続けて属国を増やしているフェイトナム帝国だって『悪』だし、そんなフェイトナム帝国が戦争から帰って来て弱っている所を攻め込んだバラトニア王国だって『悪』だ。

そこに何か理由があろうとなかろうと、やったことだけ見たら悪に違いない。

そして——何もしなかった私もまた、悪だ。

「あくどい、なんて言ってしまってごめんなさい。ネイジアの人たちを悪く言う気はないの」

「いえ、そこは是非、あくどい、と思っておいてください」

ガーシュは表情を改めて私に対して真剣な目を向けた。

「俺たちは自分たちのやっていることに対して良心の呵責はありませんが、人の上に立つ人たちはその痛みを飲み込んで生きてくれなきゃいけません。無知もよくないが、世間一般の悪を当たり前にするのもよくない。結果、自分たちの国にとっての『良い』に繋げるために、何が必要なのかは理解しておいて、その時の手段の1つとして『あくどい』こともする。——そういうのが、

俺としてはいい国の度量ってやつだと思いますよ」

今日は何度、目から鱗が落ちていったのか拾って数えたいくらいだった。

ガーシュは説教臭いことを言ってしまいました、と照れ臭そうに笑ってから、ウォーグ卿に怪しまれるのでと茶器を持って下がっていった。

ぱたん、と扉が静かに閉められて、私はアグリア様と2人きりになると自然に顔を見合わせていた。

「……彼の博識というか、見聞の広さとでも言えばいいのかな？　あれには敵わないな」

「ええ、本当にそう思います。……私たちが忘れがちなことが、彼にはいつもよく見えている気がします」

同じ感想を抱いていた私たちは、そう言ってからふっとどちらからともなく力を抜いて笑った。

「甘える気はないが、こうして時折思い知らせてくれる誰かがいるというのは、いいものだな」

「はい。1人では凝り固まってしまう考えを、こうして解して律してくれる人というのは、得難いものです」

「特に王族にここまではっきりと物が言えるとなると……バルク卿とガーシュくらいか？」

アグリア様が腕を組んで考え込んでいるので、私はとんでもないと首を振った。

「そんなことはないですよ。メリッサやグェンナも私を叱る時は叱るんですから。それに、イーリャンだって、バルク卿より遠回しなだけでかなり露骨に自己主張しますし……」

つまり、今この時結束している全員は、王族に対してであっても必要なことを言ってくれる人たちだということだ。

そう思うと、とても心強く感じる。

「そうだね、私たちはとても恵まれている」

アグリア様が柔らかく笑ってそう告げる。

お父様……フェイトナム皇帝ならば、首を刎ねているかもしれないことなのに、アグリア様は受け止めて自分で判断するための材料にすることができる。

なんでもかんでも唯々諾々と聞けばいいというものではないが、違う視点を大事にして、時にはそれを足で踏みつぶしても前に進まなければいけない時もあれば、聞き入れて大事に育てなければいけない時もある。

王族がすべきことはそういうことだと、ガーシュは言っていた。そして、それを言って貰える私とアグリア様は、それができる王族だと思われているようだ。

「……私は、やっぱり、バラトニア王国に嫁げて幸せです」

「急にどうしたの？」

「アグリア様が、アグリア様でよかった、と噛み締めているだけです。さぁ、もうそろそろ新しい資料を持ったイーリャンと、交代でメリッサかグェンナが来ますから仮眠の準備をしてください」

私は照れ臭いのでそれだけ言うと、アグリア様を簡易ベッドに追いやった。

夕陽が差し込みはじめた部屋の中、私は改めて、幸せを噛み締めている。

この命を、今は誰にも差し出したくないと思っている。

立ち上がったアグリア様の手を両手で握ると、彼は不思議そうに私を振り返った。

「アグリア様、大好きです」

「………クレア、そういうのは、落ち着いたらまた言ってくれるかな？」

「ええ、何度でも。……おやすみなさい」

少し間があったようだが、私は頷いてからそっと手を離した。大きな温かい手が私の頭を優しく撫でて、近くの簡易ベッドに向って行く。

私は午前中にぐっすり眠ってお昼過ぎに起きているので、今のうちに自分の命を守るためにできることをするため、途中だったウェグレイン派の資料に向き直った。

あとがき

この度は、生贄第二皇女の困惑2巻を手に取ってくださり、誠にありがとうございます。

本作品は『小説家になろう』様、及び前身となる短編を『アルファポリス』様にて書かせていただいたものです。その際、読んでくださった方々の応援があって、本の形になりました。そして、1巻だけでなく2巻も出させていただきまして……本当に感無量です。

心より御礼申し上げます。本当に、本当にありがとうございました！


書き出しがいつも御礼からになってしまうのですが、本年は私生活の方で色々とありまして、それに柔軟に対応してくださったアース・スターノベルの担当T様、イラストレーターのさくらもち様、他にもご迷惑をかけてしまった方々に、自戒もこめてこの場での謝罪と、心よりの感謝を捧げたいと思います。皆様のご尽力があってこそ本の形になりました。本当にありがとうございます。

今回もさくらもち様には大変素敵な挿画をつけていただきました！　本当に、私が1ファンでもあるので、こうして挿画をつけていただけるのが嬉しくてたまりません。デザインの段階から本当に凝っていただけて……私の文章では物語の進行をメインにしているので、絵がつくことで本当にイキイキとした物語になってくださるなど、絵の力の強さをしみじみ感じております。

御礼で埋め尽くす前に、今回の2巻のテーマを振り返ってみようかと思います。

『価値観』が今回の私の中で意識したテーマでした。

他人に理解されるかどうか、許容されるかどうか、特に今回は独自の宗教を色々と出して読む方が疲れないか非常に心配しつつでしたが、1巻が自分の振り返りの物語だとしたら、他者との違いに目を向けたお話にしよう、と思って書きました。

クレアも1巻では生贄やむなし、という諦めから入りましたが、今回は色々な物に触れてクレア自身の精神面でも変化があり、それに加えて周囲も違う側面を見せたりと、あくまで愛されるだけの主人公ではない、1人の人間の視点でどこまで広く書けるのかという挑戦でもありました。

具体的な内容については本編を読んでいただいて、それでそれぞれ思う所があるだろう、という気持ちでこれ以上は語らないようにします。

そして、恒例の私語りになるわけですが、今回はうまいことスライドすることができなかったので、以下自分語りです、と先に申し上げておきます。

私がよく価値観の違いを感じるのは食に関してですね。どちらがいい、悪い、という話ではないのですが、基本的に私は1日1食、夕飯をご褒美というか、娯楽というか……美味しいものを食べて、朝と昼は食べずに作業のお供に甘いものを少しずつ食べていました。

というのも、ご飯を食べると物凄く眠くなるのです。

血糖値を緩やかに一定の値に保ちつつ、空腹で作業の邪魔をされるのが嫌なので……、不健康だなぁ、と思っていたのですが（サプリ等で栄養の偏りは調整してます）同じように仕事中はご飯を食べない友人に相談したところ、似たような食生活でした。そして、私は完全栄養食のクッキーの存在を教えてもらったのです！

今は快適に作業しつつ栄養バランスの保証されたクッキーを食べています。具体的な商品名は控えますが、これがまた捗る捗る。あ、ステルスマーケティングじゃないですよ。おかげで今は無暗にお菓子を食べたりせず、腹持ちもいいので、ラムネで補助的にブドウ糖を補給する位で済んでいます。

他にも、別の友人は毎日大量の野菜を食べないと調子を崩すという人もいまして、野菜メインの食生活で甘いものは嫌いで食べない、という食生活らしいです。野菜大好き、と言っていたのでストレスもなく自分に合った食事なんだろうなと聞いていて思いました。

三食健康的に一汁三菜、というのは私の中に染み付いていた一つの価値基準でしたが、今の状況だと前述の食生活が私にはちょうどよく、大事なのは「健康で、生活が上手く回る」ような食生活を自分で見つけることなんだろうな、と最近しみじみと思いました。

そして、食事というのはあくまで自分にとってどうであるかであって、他人に「こっちの方が健康的！」というものでもないな、とも思いました。あくまで健康であれる、自分にとってちょうどいい食生活が送れる、というのが大事なのかなと。

他にも、パクチーは絶対無理！　という友人と、パクチー大好き！　という友人もいますし、私はパクチー大好き派です。ちょっとだけ調べた所（ちょっとなのでソースは不明です）、人によって遺伝的にパクチーの匂いの感じ方が違うらしく、そこで差が出ている気がします。

清涼飲料水も香料以外は全部成分が同じで、それでも味は香料に左右されて違うように感じるので、匂いは大事な味覚の要素なのでしょうね。

読み物もまた、価値観の違いが書き手によっても、また、読み手によっても大きく違ってくるものだと思います。私の価値観が正解だとは言いません。パクチー大好きですけれど、パクチー絶対無理、な人に食べさせる気はありません。

だから、この本を読んで「面白い」と思うのか「つまらない」と思うのかも、読み手の皆さんにお任せしたいなと思います。

ただ、私は価値観の我を通したいというつもりでは書いていないので、常に念頭に「できるだけたくさんの読者の方に楽しんでもらいたい」とは思って書いています。この本が、読んでくださった方にとって面白いものであるよう願って締めとさせていただきます。

またこうして「あとがき」でお会いできるのを楽しみにしています。その時は、どうぞよろしくお願いします。

今回も、読んで下さりありがとうございました!

あとがき

外国へ新婚旅行ということで色々な国の衣装を着せることができとても楽しかったです！表紙はポレイニア衣装。

世界観をお伝えできていたら嬉しく思います。


ビアンカのデザインは1巻の時から決めていたので、今回沢山登場シーンがあって嬉々として描かせて頂きました。

華やかな悪役描いていて楽しいですね。


個人的な推しガーシュ兄さんが今回も大活躍！

ストーリー上沢山衣装着せることができて嬉しいです。

実は衣装デザインの数ではクレアに次ぐ2位だったりします笑

ストーリーと合わせて楽しんで頂けましたら幸いです！

さくらもち　(Twitter: @skrc_OvO / pixiv ID: 4118627)

ビアンカ&リリア
美人系！可愛い系！の
高嶺の花姉妹デザイン
楽しかったです
背面含めた全キャラ
デザインはTwitter等
で公開するかもです
リリア髪留めのリボ
ンが可愛いのです

色んなガーシュ！！
個人的にこのふたりと
ビアンカのデザインが
お気に入りです。
バルク卿と並べて眼鏡
ズ描きたい

千年の寿命を
もてあます、
気まぐれハイエルフの
自由奔放な旅
EARTH STAR NOVEL

EARTH STAR NOVEL

生贄第二皇女の困惑
敵国に人質として嫁いだら不思議と大歓迎されています②

発行 ―――― 2021年11月16日　初版第1刷発行

著者 ―――― 真波潜

イラストレーター ―――― さくらもち

装丁デザイン ―――― 山上陽一（ARTEN）

発行者 ―――― 幕内和博

編集 ―――― 筒井さやか

発行所 ―――― 株式会社アース・スター エンターテイメント
〒141-0021　東京都品川区上大崎 3-1-1
目黒セントラルスクエア　7F
TEL：03-5561-7630
FAX：03-5561-7632
https://www.es-novel.jp/

印刷・製本 ―――― 図書印刷株式会社

ISBN 978-4-8030-1579-9